WORAUS TRÄUME GEMACHT SIND

Cowboys von Star Gazer Texas, Buch Zwei

DEBRA CLOPTON

Woraus Träume Gemacht Sind

Neuanfänge erfordern Entschlossenheit …

Willkommen zurück im Star Gazer Inn. Alice McIntyres Neustart nach dem Kauf des Star Gazer Inn erfüllt ihre Tage, und sie ist bereit, das Inn mit den kulinarischen Fähigkeiten und der aufbauenden Haltung ihrer besten Freundin Lisa zu eröffnen – und mit ihrer zukünftigen Schwiegertochter Nina an ihrer Seite.

Dazu kommt die nahezu magische Sorgfalt ihres neuen Freundes und Bauunternehmers Seth Roark, der mit unermüdlicher Liebe zum Detail arbeitet.

Sowohl Seth als auch Alice haben Verluste erlitten, beide beginnen von Neuem und näherten sich vorsichtig der zarten Freundschaft – und der wachsenden Anziehung zwischen ihnen.

Alices Sohn Dallas erkennt, dass er womöglich nicht das Zeug hat, im Profi-Rodeo-Bullenreiten weiterzumachen. Nach einer Schulterverletzung kehrt er zur McIntyre Ranch in Südtexas zurück und erkundet das neue Gasthaus seiner Mutter. Als er unter ungewöhnlichen Umständen am Strand eine faszinierende Frau trifft, ahnt er nicht, wie sehr sich sein Leben wandeln wird …

Inzwischen: Riley McIntyre arbeitet mit voller Kraft daran, einen „Glamping"-Platz auf dem Küstengrundstück der Ranch für Frauen zu schaffen, die Glamour und Luxus beim Campen schätzen.

Jackson und Nina planen ihre Hochzeit.

Lisas Vergangenheit belastet sie, doch für die Eröffnung des Inns braucht Alice ihre volle Konzentration und Lisas kulinarische Höchstleistungen. Wird sie dem Druck standhalten?

Drei Frauen finden Freundschaft und Mut an den Ufern der Corpus Christi Bay. Besuchen Sie das Star Gazer Inn mit einem Abstecher zur McIntyre Ranch, während Alice ihren Weg zwischen zwei Welten findet.

Diese neue Serie begleitet Alice, ihre Söhne, Freunde – und neue Lieben – an der südtexanischen Küste mit ihrem glitzernden, topasfarbenen Wasser.

Sie werden Ihre Zehen eintauchen und eine Weile bleiben wollen.

KAPITEL EINS

Alice McIntyre stand am großen Fenster ihres Star Gazer Inn – ihres Traums, ihres Neuanfangs. Zwei Jahre zuvor hatte sie bei einem tragischen Unfall die Liebe ihres Lebens verloren. Als sie jetzt dastand und auf das blaue Wasser der Corpus Christi Bay blickte, waren ihre Gedanken eine seltsame Mischung aus Traurigkeit und Aufregung. Bald würden sich die Türen dieses Inns öffnen und ihre ersten Gäste eintreffen, also sollte sie begeistert sein. Aber sie hatte in den letzten Monaten hart gearbeitet, um es für diesen Moment vorzubereiten, sowohl für die Eröffnung als auch ihren Schritt in eine neue Zukunft, während sie zuließ, dass die Trauer um ihren geliebten William ein fester Teil ihres Herzens wurde. Ihr Herz, in dem er für immer wohnen würde, während sie versuchte, sich auf etwas Neues zu konzentrieren.

Sie war entschlossen.

Und sie war aufgeregt. Nicht nur, weil es ihre

Familie freute, dass sie nach vorn blickte, sondern auch, weil sie jenes Inn wiedereröffnete, in dem sie William einst kennengelernt hatte. Alles fühlte sich richtig an. Doch seit ihrer Entscheidung war viel geschehen. Angefangen damit, dass sie ihre gute Freundin Lisa eingestellt hatte, die jetzt Chefköchin des Inns war. Ihre Freundschaft war in dieser schwierigen Zeit ein wahrer Segen. Jetzt hing für beide eine Menge an dieser großen Eröffnung, die in zwei Wochen stattfinden würde.

Lisa hatte mit den Folgen einer schwierigen Scheidung zu kämpfen. In den letzten Tagen schien sie abgelenkt zu sein, was Alice ein wenig Sorgen bereitet hatte. In der Gegend um die Corpus Christi Bay war Lisas Kochkunst bekannt. Früher hatte sie zahlreiche Wohltätigkeitsveranstaltungen und Dinnerpartys für die Kunden und Bekannten ihres Ex-Mannes ausgerichtet. Ihr Ex-Mann war ein angesehener Anwalt in der Region. Das machte Lisa für Alice und die Eröffnung des Inns umso wertvoller. Die Leute kannten sie und liebten ihr Essen.

Und doch war das nicht der Grund, warum sie Lisa darum gebeten hatte, ihre Köchin zu werden. Vor allem war es, weil Lisa ihre gute Freundin war und sie die Verbindung teilten, etwas Schreckliches durchgemacht zu haben. Beide versuchten, in einer Welt Fuß zu fassen, die sie sich nicht ausgesucht hatten. Sie waren entschlossen, gemeinsam voranzukommen.

Alice war in ihrer langen Ehe mit einem der bekanntesten Viehzüchter im Bundesstaat Texas und in den Vereinigten Staaten glücklich gewesen. Sie war bei Wohltätigkeitsveranstaltungen und anderen Events als Ehefrau von William McIntyre bekannt gewesen – einem der erfolgreichsten Rinderzüchter des Landes. Sie hatte ihr Leben mit William und die Tatsache genossen, zu Hause sein und ihre vier Söhne aufziehen zu können, die nun wunderbare junge Männer waren, die die Ranch führten und sie stolz machten.

Dallas, ihr zweitältester Sohn, leitete die Ranch nicht. Stattdessen hatte er sich als erfolgreicher Bullenreiter einen Namen gemacht – und liebte diesen Beruf. Ihre drei anderen Söhne – Jackson, Tucker und Riley – führten die McIntyre Cattle Ranch and Enterprises gemeinsam weiter, sorgten für einen reibungslosen Ablauf und hielten das Erbe ihres Vaters lebendig.

Alice hatte dieses Leben geschätzt und die Zeit auf der Ranch geliebt – doch nach Williams tragischem Tod am Frio River hatte sie etwas Neues gebraucht. Sie hatte das zu schätzen gewusst und ihr Leben dort auf der Ranch gemocht, hatte aber etwas mehr gebraucht, nachdem William bei dem Unfall am Frio River tragisch ertrunken war.

Also hatte sie ganz allein dieses schöne alte Inn gekauft. Sie hatte William in ihrem ersten Studienjahr kennengelernt, als er hier im Inn gearbeitet hatte. Sie hatten sich verliebt und sich viele Male im Inn getroffen. Jetzt, hier im Star Gazer Inn, hatte sie etwas in sich gefunden, wovon sie geglaubt hatte, dass es zusammen mit William gestorben war. Sie hatte eine neue Leidenschaft entdeckt, etwas, das ihr Halt gab, und hörte seine Stimme in ihrem Kopf – wie er sie anfeuerte. Und sie stand da, fühlte Tränen in ihren Augen, denn sie spürte, dass er stolz auf sie wäre.

Ihr Blick bewegte sich vom wunderschönen topasblauen Wasser der Bucht zu den Neuanfängen eines wunderschönen Pavillons, den sie im seitlichen Garten bauen ließ. Sie hoffte, dort viele Hochzeiten und andere fröhliche Feste feiern zu können. Als sie das Rahmentragwerk betrachtete, wanderten ihre Gedanken zu ihrem Bauunternehmer, Seth Roark.

Seth brachte ihr ein weiteres Kribbeln in den Bauch, als sie an die Freundschaft dachte, die sie und er aufgenommen hatten. Eine sehr unerwartete Freundschaft. Eine, die sie noch nicht ganz verstand, aber mit der sie vorsichtig weitermachte. Seth hatte selbst einen Verlust erlitten, nachdem er seine geliebte Frau fünf Jahre zuvor durch Krebs verloren hatte. Sie fühlte sich zu ihm hingezogen, weil auch er die Trauer kannte, die ihr Herz gestohlen hatte. Auch er hatte seinen Weg finden müssen, und er fand ihn nicht bei der Fortune 500-Firma, für die er gearbeitet hatte, sondern bei der Arbeit mit seinen Händen und beim Bau schöner Dinge. Als sie ihn für diesen Job anheuerte, hatte er ihr geholfen, dem Star Gazer Inn wieder zu seinem ursprünglichen Charme zu verhelfen. Und vor Kurzem hatte sie mit ihm eine Bootsfahrt unternommen.

Eine Bootsfahrt … eine, die sie verwirrt, aber auch

optimistisch gestimmt hatte, denn sie hatten beschlossen, erst einmal Freunde zu bleiben. Er war in einer anderen Phase seiner Trauer und lebte weiter. Sie drängte nach vorn und war entschlossen, William stolz auf sie machen. Sie war sich jedoch nicht sicher; da war dieses Gefühl der Hoffnung, das sie jedes Mal empfand, wenn Seth einen Raum betrat. Sie fühlte sich immer noch nicht wohl bei dem Gedanken, jemals wieder daten zu können, und noch weniger dabei, sich jemals wieder verlieben zu können. Nachdem man seinen Seelenverwandten gekannt hatte, konnte irgendetwas anderes dem je genügen oder es ersetzen? Das glaubte sie niemals. Doch seit der Bootsfahrt konnte sie sich das trotz des Hoffnungsgefühls, das sie empfand – und ja, auch trotz der Anziehung, die sie zu Seth empfand –, nur fragen.

Zu ihrer Überraschung hatte es ihren Söhnen gefallen, dass sie mit Seth eine Bootsfahrt unternommen hatte. Sie hatte nicht gewusst, was sie erwarten sollte, aber genau wie sie sich für sie eingesetzt hatten, als sie ihnen gesagt hatte, sie werde die Ranch verlassen und das Inn eröffnen, hatten sie sie auch da unterstützt. Sie hatten ihr gesagt, dass sie bei allem, was nötig war, damit es ihr besser ging, hinter ihr stehen würden, und sie hatten sie weitergedrängt. Sie waren schließlich die Söhne ihres Vaters.

Tränen brannten in ihren Augen, und sie wischte sie weg. Lisa würde bald hier sein, obwohl sie spät dran war, und sie wollte dann keine Tränen in den Augen haben. Bald darauf würde Seth kommen, aber wenn das so weiterging, würde er Lisa womöglich zuvorkommen. Andererseits hatte er ihr gesagt, dass er vorher noch Bauholz abholen müsse. An vielen Morgen traf er sie hier und trank eine Tasse Kaffee mit ihr, bevor er mit der Arbeit begann. Als sie dort stand, bemerkte sie aus dem Augenwinkel eine Bewegung und sah auf dem Weg ihre Nachbarin Nina und ihren liebenswerten Hund Buttercup.

Nina lächelte und winkte, als sie die Stufen heraufkam. Alice war froh, dass jemand gekommen war, um ihr diese plötzliche Melancholie zu nehmen, die sich eingeschlichen hatte. Sie öffnete die Tür. „Genau die Person, die ich sehen wollte!" Sie umarmte Nina, dann bückte sie sich und nahm Buttercups liebenswertes goldenes, flauschiges Gesicht zwischen die Hände und rieb dem Hund die Ohren. Der Welpe lächelte sie mit einem breiten Grinsen an.

„Sie freut sich, dich zu sehen", sagte Nina.

Alice sah zu ihr auf. „Und ich freue mich, euch beide zu sehen. Auf der Theke steht heißer Kaffee, wenn du eine Tasse willst. Ich werde unterdessen auf diesen Welpen aufpassen."

„Oh, danke dir. Ich hole mir eine Tasse und bin gleich wieder da."

Nina eilte hinein, und Alice schenkte Buttercup ihre Aufmerksamkeit. Nina war ihre Nachbarin und sehr fest mit Alices ältestem Sohn Jackson liiert. Ihrem Herzen tat es gut zu wissen, dass der Umzug ins Star Gazer Inn

Jackson die Tür dafür geöffnet hatte, die Liebe seines Lebens zu finden. Und für sie nicht nur eine zukünftige Schwiegertochter, sondern auch eine wirklich gute Freundin. Sie stand auf, als Nina mit ihrem Kaffee rauskam.

„Es ist ein schöner Morgen, nicht wahr?" Ninas Augen strahlten. „Wir sind auf dem Weg zu einer Kunstgalerie, wo meine Gemälde in etwa drei Wochen gezeigt werden. Ich muss mit dem Galeristen sprechen und genau herausfinden, wonach er sucht."

„Oh, ich bin so froh, dass es nicht das Eröffnungswochenende des Inns ist! Aber ich freue mich für dich und bin so dankbar, dass du endlich wieder anfängst, deine Kunstwerke zu zeigen."

Als Nina hierhergezogen war, hatte sie ihre bekannte Kunst verborgen und war bis vor Kurzem untergetaucht. „Danke! Ich auch. Aber ich freue mich auch auf die Eröffnung des Inns. Wie hältst du dich?"

„Ich werde langsam nervös. Das ist komisch, weil es das ist, was ich will, und wir arbeiten hart dafür, aber ich habe einige Morgen, an denen mein Magen in Aufruhr ist."

Nina tätschelte ihren Arm. „Das ist normal. Ich erinnere mich noch an meine ersten Galerieausstellungen. Ich war ein Wrack. Also, du hältst dich sehr gut. Die Leute werden herauskommen und dich unterstützen und wollen sehen, dass du Erfolg hast. Das wird ein großartiger Abend, also keine Sorge. Und um Himmels willen, werd nicht so nervös, dass du dich übergeben musst. Gott sei Dank passiert mir das nicht mehr."

Das war es, was sie gebraucht hatte. „So schlecht ist mir glücklicherweise nicht, aber ich schätze, es ist einfach anders, weißt du? Ich beginne wirklich eine neue Phase meines Lebens, bewege mich vorwärts. Ich werde wohl mein Leben vor Williams Tod und mein Leben nach seinem Tod haben. Zumindest muss ich es so in meinem Kopf katalogisieren."

Nina legte eine Hand auf ihren Arm. „Das verstehe ich absolut. Es ist nicht so, dass du William weniger liebst, aber du solltest nicht in der Vergangenheit leben, und deshalb musst du diesen Schritt nach vorn machen, und du tust es. Und deine Söhne – sie alle lieben dich und unterstützen dich. Ich hoffe, du weißt das."

„Tue ich. Ich bin sehr dankbar dafür. Ich dachte nur, sie sind die Söhne ihres Vaters, und ich höre William in meinem Kopf sagen: Los, los, los! Er ist mein Cheerleader Nummer eins."

„Das gefällt mir, und Jackson ist das für mich. Ich wünschte, ich hätte William kennengelernt."

Alices Herz zog sich zusammen. „Ich wünschte auch, dass du ihn kennengelernt hättest. Er hätte dich geliebt. Und er wäre so stolz, dass Jackson dich gefunden hat." Tränen stiegen in Alices Augen und auch in Ninas. Sie legte einen Arm um Ninas Taille, und Nina legte ihren freien Arm um Alices Schultern, und sie standen da und beobachteten die Wellen, die hereinrollten.

* * *

Lisa war spät dran. Sie war aufgeregt wegen der Eröffnung des Inns und bereit zu sehen, was das Gasthaus alles konnte. Sie und Alice hatten unermüdlich daran gearbeitet, dass das Menü, das den Abend nach der Eröffnungsfeier beginnen würde, in Ordnung war. Es gab eine Gästeliste, aber es wäre auch ein offenes Haus, wo jeder zur Party kommen, das Essen genießen und sich den Ort ansehen konnte. Die offizielle Eröffnung des Restaurants und des Hotels wäre am nächsten Tag. Sie war bereit.

Und sie war auch nervös.

Das war ihr Neuanfang. Und sie brauchte ihn.

Ihr Leben war seit ihrer Scheidung ziemlich chaotisch gewesen. Die Angst, die sie durchgemacht hatte, als Mason ihr mitgeteilt hatte, dass er sie wegen einer viel jüngeren Frau verlassen würde, die ihm ein Jahr zuvor einen Sohn geschenkt hatte, hatte sie ins Trudeln gebracht. *Er war seit über einem Jahr ein Daddy!*

Sie war am Boden zerstört und wütend gewesen. Als Antwort darauf hatte sie einen guten Anwalt angeheuert und alles, was sie konnte, aus der Scheidung geholt, und Mason hatte sich nicht sehr gegen sie gewehrt. Dann hatte sie ihr Geld genommen, ihr wundes Herz und ihr geschundenes Gemüt und war nach Übersee gegangen, um dem zu entkommen. Sie hatte ein bisschen übertrieben, war von Ort zu Ort gereist und hatte so getan, als hätte sie die beste Zeit ihres Lebens. Sie reiste umher und kochte mit jedem berühmten Küchenchef, von dem sie eine Einladung dazu bekommen konnte – stürzte sich in ihre Liebe zum Kochen.

In Wirklichkeit war es ihre Art gewesen, jedem hier in der Corpus Christi Gegend aus dem Weg zu gehen. Ihre Art, dem Klatsch, der Demütigung, den Gerüchten und dem Herzschmerz zu entgehen. Schließlich jedoch hatte sie erkannt, dass sie sich nicht ewig verstecken konnte, und war nach Hause gekommen.

Niemand wusste, wie trostlos sie im Inneren war, der Schmerz darüber, dass ihr Herz rausgerissen worden war. Weil sie ihren Mann geliebt hatte. Sie waren sechs Jahre verheiratet gewesen, und sie hatte geglaubt, sie seien glücklich gewesen, nur um dann herauszufinden, dass Mason eine Lüge gelebt hatte. Es war niederschmetternd. *Wie konnte ihr das entgangen sein?*

Diese Frage verfolgte sie.

Sie war vollkommen blind gewesen, als er ihr gesagt hatte, dass er sie verlassen würde. Als sie herausfand, dass die Affäre schon seit fast zwei Jahren lief, war es noch entsetzlicher und demütigender gewesen. Und sie kam sich dumm vor.

Wie eine Idiotin. *Wie konnte sie die Zeichen nicht gesehen haben? War sie so geblendet von ihrer Liebe gewesen, dass sie irgendwelche Zeichen ignoriert hatte? War er ein so großartiger Schauspieler gewesen, dass er zwei Leben hatte* ... Sie war auch jetzt noch entnervt bei den Gedanken.

Und dann, vor über einem Monat, hatte er angefangen, ihr zu schreiben und sie mit Bildern von sich und seiner jungen Braut mit ihrem Sohn zu verhöhnen. Lisa hatte beim ersten Mal unter Schock gestanden. Sie hatte jetzt mindestens zwölf Bilder, obwohl sie ihm wiederholt gesagt hatte, er solle aufhören. Er hatte nicht aufgehört, also versuchte sie jetzt, ihn zu ignorieren. Doch der Mann tat es weiterhin. Sie wusste nie, wann ein Bild kam; sie kamen nicht in regelmäßigen Abständen, sondern es war immer eine Überraschung. Sie kamen unerwartet und erwischten sie unvorbereitet.

Und heute Morgen war einer dieser Morgen gewesen. Sie hatte ein neues Bild von Tabitha bekommen, seiner Braut, und ihrem Kind, das in die Kamera lächelte. Wusste Tabitha überhaupt, dass er ihre glücklichen Momente mit Lisa – seiner Ex-Frau – teilte?

Wieder kam die Frage: Warum tat er das? Nur Bilder von Tabitha, ihrem Glück, ihrer Sexyness – alles wahrscheinlich darauf ausgelegt, Lisa zusammenbrechen und sich wie eine Verliererin fühlen zu lassen. Er war ein Dreckskerl!

Trotzdem und zu Lisas Entsetzen hatte sie heute Morgen geweint.

Und so kam sie zu spät zur Arbeit. Sie hatte ihr Make-up neu machen müssen, sich Wasser ins Gesicht gespritzt gegen ihre geschwollenen Augen und ihr glückliches Gesicht aufgesetzt.

Ihr fröhliches Gesicht, das jetzt nicht echt war, doch sie hoffte, dass es bald so sein würde.

Sie *würde* glücklich sein. Sie *würde* das überwinden, und sie würde sich *nicht* weiter so klein fühlen, weil ihr Ex-Mann ein Dreckskerl war. Er würde es schon noch heimgezahlt bekommen, davon war sie überzeugt. Eines Tages wäre er der Verlierer. Tatsächlich glaubte Lisa, dass er bereits der Verlierer war. Und vielleicht ging es bei den Bildern von Tabitha, ihm und dem kleinen Jungen darum, dass er das Gefühl haben wollte, nicht der Verlierer zu sein.

Als sie das Inn betrat, ließ Lisa diesen Gedanken durch ihren Kopf laufen. Vielleicht war das der Fall. *Vielleicht fühlte er sich schon wie der Verlierer?* Nein ... Sie bezweifelte das; er war zu arrogant, um so zu empfinden. Aber vielleicht eines Tages.

Sie atmete tief ein und nahm den Duft um sich herum auf. Sie würde dazu beitragen, dieses Inn zu einem Erfolg zu machen. Sie und Alice würden diesen Traum nicht nur zum Erfolg von Star Gazer Island machen, der Stadt am Strand direkt außerhalb von Corpus Christi, sondern auch Corpus Christi und die Umgebung. Allein schon durch die Tür zu gehen, besserte ihre Stimmung. Wenn sie den kleinen Flur hinunter in die Küche ging, konnte sie hinaus zu den Gärten und über die Gärten hinaus zum Strand und dem topasblauen Wasser sehen. Sie lächelte, dieser Raum, ihre neue Domäne als Köchin des Star Gazer Inn, machte sie glücklich.

Das hier war ihr Neuanfang. Das hier war ihr Traum. Sie wusste, dass sie einen Weg finden würde, Mason dazu zu bringen, sie in Ruhe zu lassen, weil sie nicht zulassen würde, dass ihr Ex ihre Zukunft nahm. Sie würde es einfach nicht tun.

„Alice, wo bist du?"

„Ich bin hier", sagte sie und kam von irgendwo den Flur hinunter, der in den vorderen Bereich des Inns führte, hereingeeilt. „Ich habe mich schon gefragt, wo du bist. Nina war eben da, und wir haben einen Kaffee getrunken, und jetzt sehe ich mir gerade einige der Anzeigen an. Ich hätte gern deine Meinung dazu."

„Klingt großartig. Ich gebe heute meine letzten Bestellungen auf, damit wir alle Zutaten haben. Und der neue Sous-Chef kommt morgen, und wir arbeiten die ganze Woche zusammen und bereiten uns vor. Und ich werde mich auch ein paar Mal mit den Kellnern treffen. Nächste Woche wird also ganz schön aufregend. Ich kann es nicht fassen, dass es bald passieren wird!" Allein bei dem Gedanken daran raste ihr Puls.

Alice strahlte. „Ich auch nicht. Und es sieht einfach toll aus! Seth wird die ganze Woche daran arbeiten, den Pavillon fertigzustellen."

Lisa verschränkte die Arme und lehnte sich gegen den Tresen. „Bist du nochmal mit Seth auf dem Boot rausgefahren?" Das hoffte sie, denn ihre Freundin lächelte viel in letzter Zeit, und vielleicht war er der Grund. Nicht alle Typen waren wie ihr Ex. Einige von ihnen, wie Alices erster Ehemann gewesen war und wie Seth zu sein schien, waren gute Jungs.

* * *

Alice biss sich bei der Frage ihrer Freundin auf die Lippe. „Ja, ich bin letzte Woche mit Seth auf dem Boot rausgefahren." Er hatte bei der Renovierung des Hauses geholfen und war Witwer, aber seine Frau war jetzt schon etwas mehr als fünf Jahre tot, während ihr William gerade mal zwei Jahre nicht mehr bei ihr war. Sie war sich nicht sicher, ob der Versuch, ihr Herz für jemand anderen zu öffnen, eine gute oder eine schlechte Idee war. Alles, was sie wusste, war, dass, als sie zugestimmt hatte, mit Seth auf dem Boot zu fahren, er keinen Druck auf sie ausgeübt hatte. Er hatte verstanden, wo sie war, und das war wunderbar für sie. Eines der wichtigsten Dinge, die sie bei ihrem William vermisste, war die Freundschaft. Oh, sie vermisste es auch, seine Frau zu sein, die romantischen und auch die intimen Momente. Aber am meisten vermisste sie die Zeiten, die sie miteinander geteilt hatten, in denen sie einfach zusammen gewesen waren und ein Gespräch geführt hatten. Überraschenderweise hatte es sich gut angefühlt, Zeit mit Seth zu verbringen.

Sie hatten einander nur umarmt, und diese Umarmung hatte ihr Herz erfüllt und geholfen, eine Sehnsucht zu stillen, ein Bedürfnis. Würden sie weiter gehen als das? Würde sie ihn jemals küssen? Sie würde darüber nachdenken, wenn die Zeit kam, aber im Moment ging sie es sehr langsam an. Er war ihr Bauunternehmer und ihr Freund, und es fühlte sich gut an, ihn auf ihrer Seite zu haben. Er war ein netter Mann. Und ihre Jungs mochten ihn. Jackson hatte für sie gesprochen und ihr gesagt, dass, was auch immer sie tun musste, sie alle sie unterstützen würden. Sie hatte gute Jungs großgezogen und wusste, dass William gewollt hätte, dass sie ihr diese Antwort gaben.

„Er wird gleich hier sein, um am Pavillon zu arbeiten. Er hat mich gefragt, ob ich morgen wieder mit ihm auf dem Boot rausfahre. Und ich habe Ja gesagt. Macht dich das glücklich?"

Lisa lachte. „Es macht mich sehr glücklich. Aber die Frage ist: Macht es dich glücklich?"

„Das tut es tatsächlich. Er ist einfach ein großartiger Typ."

„Ja, ist er und das von mir, nach dem, was ich durchgemacht habe? Ich traue momentan keinem Mann, aber ich muss sagen, er ist ein toller Kerl. Ich habe ihn genau beobachtet, und ich denke, er ist verrückt nach dir. Aber was ich am meisten an ihm mag, ist, dass er dich nicht unter Druck gesetzt hat. Er versteht deine Situation. Und, Alice, das ist großartig."

Alice atmete einmal tief ein und nickte. „Das finde ich auch. Deswegen werden wir es langsam angehen. Tag für Tag. Und jetzt sehen wir uns diese Anzeigen an. Wir bewegen uns voran, und das macht mich glücklich."

„Ich bin so froh, dass du dich entschieden hast, weiterzumachen“, sagte Lisa mit Emotionen in ihren Augen. „Das ist viel besser, als niedergeschlagen und verloren zu sein.“

Alice seufzte. „Ja, ist es.“

KAPITEL ZWEI

Dallas McIntyre war am Tag zuvor in der Stadt angekommen und jetzt auf dem Weg zum Seiteneingang des Inns seiner Mom, um sie zu überraschen. Er hielt seinen verletzten Arm nahe am Körper, ging um die Ecke des großen Bed-and-Breakfast und des Restaurants und betrat den Gartenbereich des riesigen Areals durch das Hintertor. Seine Mom hatte dafür gesorgt, dass alles großartig aussah. Er ging den Weg entlang zur hinteren Veranda, als er einen Schrei vom Strand hörte.

Er war nicht allzu laut, aber er wusste, was er gehört hatte. Als der Schrei ein zweites Mal kam, zögerte er nicht; er rannte durch den Garten Richtung Strand. Als er das Hintertor des Inns erreichte, verlor er nicht einmal Zeit damit, es zu öffnen – er sprang über den niedrigen Zaun, als wäre er beim Hürdenlauf. Seine Schulter und sein Oberarm, die gerade eine schmerzhafte Zeit durchmachten, die ihn Kraft kostete, schrien vor

Schmerzen. Er ignorierte es, sah sich am Strand um und entdeckte eine Frau am Wasser auf ihren Knien, im Sand zusammengesunken. Sie sah auf und schrie erneut. Er rannte auf sie zu.

Mit Panik in ihrem Gesichtsausdruck sah sie ihn kommen.

Sobald er bei ihr war, ging er auf die Knie hinunter. „Was ist los?"

Riesige, angsterfüllte, blaue Augen bohrten sich in ihn. „Mein Baby. Mein Baby kommt."

Baby. Er sah hinunter, und erst jetzt bemerkte er, dass sie schwanger war. Sie packte ihren Bauch unter einem blassgelben Leinenhemd, das irgendwie auf den ersten Blick ihre Schwangerschaft verborgen hatte. „Sie bekommen ein Baby?" Er wusste, dass die Frage dumm war, weil es offensichtlich war, aber er verstand es nicht.

Sie nickte, keuchte und umklammerte ihren Bauch. „Jetzt. Ich bekomme jetzt ein Baby. Ich muss ins Krankenhaus."

Er war ein Bullenreiter. Er war kein Onkel, kein Daddy und auch kein Kinderarzt. Keines der genannten Dinge. Er starrte sie nur an.

Und dann verzog sie das Gesicht, stöhnte und hielt sich den Bauch. „Helfen Sie mir!"

Ja, ihr helfen. Er holte das Handy aus der Tasche und wählte die Nummer seiner Mom. „Komm schon, Mom ... geh ran, geh ran!", sagte er laut. Er sah die Frau an. „Meine Mom wohnt gleich hier. Im Inn. Ich rufe sie an. Wir holen Ihnen Hilfe. Nur ganz kurz."

Seine Mom meldete sich.

„Mom, ich bin hier draußen am Strand. Ja, vor dem Inn. Hier ist eine Frau, und sie bekommt ein Baby. Ja, Mom, hier draußen am Strand – sie bekommt ein Baby. Ruf den Notdienst an, und hol Hilfe. Ich werde sie tragen und ins Inn bringen. Ich weiß nicht, was passieren wird, ich wollte dich nur vorwarnen, dass wir kommen, also mach dich bereit." Und dann legte er auf.

Er rammte das Telefon zurück in seine Tasche und dann, als die Frau stöhnte und schrie, nahm er sie sanft auf seine Arme – sein verletzter Arm schrie auch, aber er ignorierte es.

Ihre Hose war nass, und er war sich nicht sicher, was all das bedeutete, aber er wusste, dass es etwas mit dem Baby zu tun hatte. Er war in Panik. Oh ja, er war in Panik. Mehr als in Panik.

Sie legte ihre Arme um seinen Hals und den Kopf auf seine Schulter. „Danke", flüsterte sie. „Ich wusste nicht, was ich tun sollte. Es ist zu früh. Viel zu früh."

Er hielt sie fest an sich und ging so schnell er konnte in Richtung Inn. „Es wird alles gut. Es wird alles in Ordnung sein. Meine Mom telefoniert gerade. Wir werden Sie im Inn unterbringen – Sie werden sich wohlfühlen, und sie wird wissen, was zu tun ist. Also ruhen Sie sich einfach aus."

Sie nickte gegen seinen Hals und stöhnte dann, und er spürte, wie ihr Bauch sich an seinem Bauch verkrampfte, wirklich hart wurde. Und er wäre am liebsten weggelaufen. Doch stattdessen ging er so schnell er konnte zum Hintereingang des Star Gazer Inn, und war noch nie in seinem Leben so froh gewesen, eine hintere Glastür geöffnet zu sehen.

Seine Mom rannte die Stufen hinunter und lief ihm entgegen. „Dallas, komm schon, bring sie her. Ach, du meine Güte!"

Seine Mutter war Gott sei Dank niemand, der leicht in Panik geriet, aber ihre Worte sagten ihm, dass dies kein normaler Umstand war. Etwas, das er bereits wusste. Sie rannte die Stufen wieder hinauf, um die Tür aufzuhalten, während er hindurchging.

„Bring sie in das erste Schlafzimmer im vorderen Flur."

Er ging in diese Richtung, folgte ihrem ausgestreckten Arm, und sie lief hinter ihm her. Er war erleichtert, Lisa zu sehen, eine gute Freundin und Chefköchin des Hauses, die bereits Handtücher auf das Bett legte.

Sie lächelte ihn an. „Komm rein, Dallas. Leg sie hierhin. Wir werden uns um sie kümmern, bis der Krankenwagen da ist."

Er konnte nur hoffen.

„Sie werden nicht lange brauchen", fügte seine Mutter hinzu. „Halten Sie durch, Liebes. Ihnen und Ihrem Baby wird es gut gehen."

Dallas betete, dass seine Mom und Lisa recht hätten.

* * *

Lorna Jordan kämpfte gegen die Tränen, als der Schmerz durch sie riss. Sie klammerte sich an den Hals des Mannes, der über den Strand gerannt war, um sie zu retten. Sie wusste nicht, wie sie das je wiedergutmachen sollte, was er für sie tat. Ihr Baby war zwei Wochen früher dran als erwartet. Sie wäre nie an den Strand gefahren, um spazieren zu gehen, wenn sie gedacht hätte, die Wehen könnten einsetzen.

Ihr armer kleiner Junge. Aber sicher würde alles gut.

Die erste Frau lächelte. „Kommen Sie, Liebes, Sie müssen Dallas loslassen, damit wir Sie hier auf das Bett legen können. Der Krankenwagen ist unterwegs. Lisa und ich – ich bin Alice – werden Ihnen helfen. Und ich habe zwar selbst nie ein Baby zur Welt gebracht, aber ich habe früher vielen Kühen beim Werfen geholfen, und Dallas auch. Es ist ein kleines bisschen ähnlich, also wenn es erforderlich wird, können wir uns um Sie kümmern. Kommen Sie."

Sie sah dem Mann ins Gesicht. *Dallas.* Er hatte freundliche Augen, und sie waren voller Sorge. Sie blinzelte kräftig, weil die Tränen bei seinem Anblick nur noch heftiger fließen wollten, aber sie würde nicht weinen. „Danke", flüsterte sie und ließ dann seinen Hals los.

„Ich bin nur froh, dass ich da war. Aber ich kann Ihnen sagen, dass ich zwar vielleicht ein paar Kälber auf die Welt geholt habe, aber weiter reicht mein Wissen nicht. Meine Mom hier hat mehrere Kinder bekommen, also werde ich Sie in ihre Hände übergeben. Wenn ich für irgendwas gebraucht werde, wissen die beiden, wo ich bin, aber ich werde jetzt rausgehen und sie sich um Sie kümmern lassen." Er trat zurück.

Seine Mutter nahm seinen Platz ein und lächelte sie freundlich an. „Es wird alles in Ordnung sein. Ich bin einfach nur froh, dass Dallas Sie gefunden hat. Sind Sie zu früh dran?"

Lorna nickte. „Zwei Wochen. Ich hatte nicht gedacht, dass er so früh kommen würde. Sind zwei Wochen zu früh? Zu gefährlich?"

„Nein, Liebes, zwei Wochen sind in Ordnung für Ihr Baby. Zwei Wochen zu früh oder zu spät machen nichts aus, also wird es Ihnen gut gehen. Er hat es nur eilig, rauszukommen. Meine Jungs hatten es auch eilig. Sie haben alle versucht, mich zu hetzen. Also, halten Sie durch. Dallas war übrigens sogar drei Wochen zu früh, und sehen Sie sich an, was für ein starker, großer Mann er geworden ist. Und er reitet Bullen, also ist nichts falsch mit ihm. Vielleicht ein wenig dumm, weil er sich das Bullenreiten als Vollzeitjob ausgesucht hat, aber er ist gut darin, also wusste er wohl, was er tat. Nun denn, der Krankenwagen wird in einer Minute hier sein. Lassen Sie uns darüber reden, in welchem Abstand Ihre Wehen kommen."

„Ich bin mir nicht sicher."

Alice sah ihre Freundin an. „Lisa, vielleicht solltest

du einen Topf Wasser auf den Herd stellen und es zum Kochen bringen, nur für den Fall, dass wir etwas sterilisieren müssen, bevor der Krankenwagen kommt. Und bring mir ein paar weiche Handtücher."

„Mach' ich. Ja, junge Dame, Sie sind bei meiner Freundin Alice in guten Händen. Sie wird sich gut um Sie kümmern."

Alice sah freundlich aus, und da war etwas in ihren Augen, eine Entschlossenheit, die Lorna beruhigte. Sie nickte. „Ich glaube Ihnen. Ich bin nur dankbar, dass ich nicht allein an diesem Strand bin. Heute Morgen war es da ziemlich leer."

Alice tätschelte ihren Arm. „Es war nicht Gottes Plan, Sie dieses Baby da draußen, ganz allein in der Einsamkeit bekommen zu lassen. Also bitte … Sie haben ihn auf Ihrer Seite."

Ein Schmerz packte sie erneut. Sie schrie, umfasste ihren Bauch und beugte sich nach vorn, als das Bedürfnis, zu pressen, in sie einschlug. „Ich glaube, ich muss pressen", keuchte sie.

„Nein." Alice bedeutete Lisa zu gehen. „Halten Sie durch. Versuchen Sie zu atmen. Kommen Sie schon, versuchen Sie zu atmen und sich zu entspannen. Versuchen Sie, der Sache nur noch ein paar Minuten zu geben. Ich glaube, ich höre den Krankenwagen in der Ferne." Sie wechselte in eine neue Position. „Ich werde einen Blick darauf werfen, um zu sehen, wie weit Sie sind, und um sicherzustellen, dass das Baby nicht bereits zu sehen ist."

„Mom, ich warte darauf, das Notfallteam reinzulassen." Dallas verließ den Raum.

Lorna war froh, als sie Sekunden später die Sirenen hörte. Sie atmete ein und aus, wie Alice es ihr zeigte. Und es schien sie ein wenig zu beruhigen und half, die Schmerzen nicht so heftig werden zu lassen. Sie entspannte sich ein wenig mehr, als der Drang zu pressen, nachließ. *Wenn ich nur noch durchhalten könnte.*

„Okay, Sie sind entspannt. Wenn wir den Rettungsdienst also hier reinholen können, bevor Sie erneut pressen wollen, wird alles gut gehen, und Sie müssen nicht fürchten, dass ich Ihr Baby auf die Welt hole."

„Vielen Dank, Alice."

„Gerne. Wie heißen Sie?"

Sie atmete ein, und ihre Hand legte sich wieder an ihren Bauch, aber sie konnte sprechen. „Lorna."

„Ich freue mich sehr, Sie kennenzulernen, Lorna." Alice tätschelte noch einmal ihre Hand, als die Tür sich öffnete.

Dallas kam in den Raum, und Lorna seufzte erleichtert auf, als sie seinem Blick begegnete, und er nickte ihr zu. Dann sah sie, dass er zwei Sanitäter hereinführte. Sie versuchte zu lächeln, aber der Schmerz traf sie, und sie konnte kein Lächeln zustandebringen und ihm auch nicht sagen, wie dankbar sie ihm war.

Denn das war ihr Problem: Sie hatte niemanden. Sie hatte gedacht, sie würde am Strand spazieren gehen und versuchen, sich Gedanken über ihr Leben zu machen. Sich Gedanken darüber machen, was ihr nächster Schritt mit einem Baby war, das sie nicht geplant hatte, von dem sie jedoch wusste, dass sie es großziehen wollte. Aber es war keine Antwort gekommen. Stattdessen war das hier passiert. Es war fast, als wollte Gott ihr sagen, dass nichts in ihrem Leben leichter werden würde. Und sie glaubte es.

Aber als Dallas sich aus dem Zimmer zurückzog, hielten ihre Augen seine, bis er ihr zunickte und in den Flur verschwand. Er hatte sie und ihr Baby gerettet, und sie war ihm so dankbar dafür.

* * *

Dallas ging in der Küche auf und ab, als seine Mom hereinkam. „Wird es ihr gut gehen?"

„Ja. Sie sah wirklich erschöpft aus", fügte Lisa hinzu.

„Es wird ihr gut gehen. Die Sanitäter werden sich um sie kümmern, aber sie wird das Baby jetzt da drin bekommen. Ich bin wirklich dankbar, dass sie rechtzeitig hierhergekommen sind. Meine Güte, ich bin so froh, dass du sie gefunden hast! Wie hast du sie eigentlich gefunden?"

„Ich wollte dich besuchen und war gerade in den Garten gekommen, als ich einen Schrei hörte. Als ich auf den Strand gerannt kam, sah ich sie da draußen am Wasser, ganz allein. Niemand hätte sie rufen hören können, wenn ich nicht draußen gewesen wäre." Er fuhr sich mit einer Hand durchs Haar. „Sie hätte das Baby ganz allein am Strand bekommen. Was für ein furchtbarer Gedanke!"

Seine Mom legte eine Hand auf seinen Arm und drückte ihn. „Das hat sie nicht, weil Gott dich zur richtigen Zeit an den richtigen Ort geführt hat."

Er war froh, dass er dort gewesen war. „Ich bin so froh, dass du und Lisa zu Hause wart. Ich weiß nicht, was ich getan hätte, wenn nur ich dagewesen wäre und hätte versuchen müssen, dieses Baby zu holen."

„Darling", sagte seine Mom. „Du hast so viel Vieh auf die Welt geholt, das hättest du auch geschafft."

Lisa kam rüber, schloss ihn in die Arme und sah zu ihm auf. „Dallas, deine Mom hat recht. Du hast eine Menge Vieh auf die Welt geholt, dieser Stress ist dir nicht fremd. Wenn du dich auf den Rücken eines Stiers setzen kannst, vollkommen ruhig, cool und gefasst, dann hättest du dieses Baby mit Bravour geholt, da bin ich zuversichtlich."

„Ich stimme Lisa zu. Du hättest das hinbekommen. Du bist gerade nur nervös, weil das so eine unbekannte Situation für dich ist."

Er seufzte. „Nun, ich freue mich ja, dass ihr solches Vertrauen in mich habt, aber ich sage immer noch, dass die arme Frau in Schwierigkeiten gewesen wäre, wenn die Entbindung des Babys in meinen Händen gelegen hätte."

Seine Mom klopfte ihm auf die Schulter. „Du

hättest es überstanden.“

Er atmete einmal tief durch. Er hätte fast ein Baby entbinden müssen, aber Gott sei Dank war es ihm erspart geblieben.

KAPITEL DREI

Seth Roark bog auf die Main Street und fuhr zum Ende der kleinen Insel. Er war heute Morgen für seine Arbeit im Star Gazer Inn spät dran, und er freute sich darauf, Alice zu sehen. Doch er hatte unterwegs noch das Holz holen müssen, das er brauchte, und ein paar andere Dinge für den Pavillon, den er im Garten des Inns baute.

Nachdem er seine geliebte Frau vor fast sechs Jahren an Krebs verloren hatte, hatte ihm das so viel abverlangt. Sie zu verlieren, war, als hätte er eine Hälfte von sich selbst verloren, und er hatte das Gefühl gehabt, nirgendwo hineinzupassen. Es hatte lange gedauert, bis er wieder Freude gefunden hatte. Obwohl er entschlossen gewesen war, weiterzumachen, wie es seine Frau gewollt hätte, beinhaltete das nicht, eine neue Ehepartnerin zu finden. Er war einfach noch nicht bereit, darüber nachzudenken, und war sich auch nicht sicher, ob er es jemals wäre. Jen zu verlieren, hatte ihm das Leben aus dem Leib gerissen. Glücklicherweise hatte er Trost in seinem Boot gefunden. Er fuhr oft allein mit seinem Boot hinaus und fischte manchmal, und manchmal genoss er einfach den Tag. Bisweilen saß er nur auf dem Wasser und ließ die Wellen das Boot schaukeln, während er die Ruhe genoss.

Während ihrer Krankheit hatte er sich von seiner leitenden Position freistellen lassen. Und nach Jens Tod war er nicht mehr dorthin zurückgekehrt. Er war in den Vorruhestand gegangen und hatte dann sein Renovierungsunternehmen aufgebaut. Fast fünf Jahre lang war er im Geschäft gewesen, als er die Renovierung des Inn übernahm. Wo er Alice McIntyre kennenlernte und etwas in ihm aufbrach. Er hatte sich augenblicklich zu ihr hingezogen gefühlt. Etwas, das seit Jens Tod nicht passiert war.

Alice war erst seit Kurzem Witwe, und er respektierte sie sehr, weil sie versuchte, weiterzumachen und von vorn anzufangen, ein neues Leben zu beginnen. Sie war eindeutig an einem Scheideweg und noch nicht bereit zu daten. Er verstand, wo sie war, weil auch er dort gewesen war – bis er sie getroffen hatte.

Ihm gefiel, dass sie und ihr Mann eine ebenso wunderbare Ehe gehabt hatten, wie er mit Jen. Er war erstaunt, welche Gefühle er in den Wochen, in denen er das Inn renoviert hatte, für sie entwickelt hatte. Er war sehr darauf bedacht, es langsam anzugehen, und hatte nicht die Absicht, sie zu drängen. Das Letzte, was er je wollte, war ihr wehtun, und sie würden nur weitergehen, wenn sie bereit war.

Als sie einverstanden gewesen war, mit ihm auf sein Boot zu gehen, war er auf Wolke sieben gewesen und seitdem dort geblieben. Sie hatten eine tolle Zeit gehabt, als Freunde, aber sie hatten sich auf dem Boot umarmt, als er sie getröstet hatte. Er hatte das Gefühl, dass sie etwas für ihn empfand, und das Beste, was er tun konnte, war, sie nicht zu drängen.

Er wünschte sich mittlerweile, er könne sie öfter halten als die wenigen Male, die er sie getröstet hatte. Er verdrängte die Gedanken aus seinem Kopf, denn er wusste, dass er es überstürzte, und es würde ihn nur frustrieren, sich jetzt eine Zukunft mit Alice vorzustellen. Und doch wusste er, dass er mehr zwischen ihnen wollte.

Er war begeistert gewesen, als sie sich bereit erklärt hatte, dieses Wochenende wieder mit ihm auf das Boot zu gehen. Es hatte ihn dazu gebracht, jeden Morgen vor sich hin zu pfeifen, wie jetzt.

Blitzende Lichter eines Krankenwagens in der Einfahrt des Inns unterbrachen sein Pfeifen. Sein Herz stürzte, traf auf den Boden und prallte dann zurück in seine Kehle. *War etwas mit Alice nicht in Ordnung?*

Er wurde zu den vielen Malen zurückgerissen, in denen ein Krankenwagen für Jen gerufen worden war. Er riss das Lenkrad herum und stellte den Truck in schiefem Winkel vor das Inn. Dann sprang er aus dem Fahrzeug, rannte die Einfahrt und die Stufen hinauf und durch die offene Tür. Er eilte durch den Flur und brach fast zusammen, als er Alice im Raum sah, wo sie mit Dallas und Lisa sprach. Ihr Blick begegnete seinem, und er wusste, dass er sich bereits in Alice McIntyre verliebt hatte, absolut und vollkommen.

Er schluckte kräftig, eilte zu ihr und schlang seine Arme um sie. „Alice, was ist los? Ich dachte, dir wäre etwas passiert." Er ließ sie los, musste sich zusammenreißen, sie nicht länger festzuhalten. Er musste sich in den Griff bekommen.

„Alles okay. Wir hatten nur etwas Aufregung. Wir bekommen nebenan ein Baby. Dallas hat eine Frau mit Wehen vom Strand gerettet. Und die Sanitäter sind gerade bei ihr. Ich bin sehr erleichtert, dass sie es rechtzeitig geschafft haben, denn für einen Moment dachte ich, ich müsste das Baby auf die Welt holen." Sie lächelte ihn an und berührte seinen Arm.

Erleichterung rauschte durch ihn. Er zwang seinen Gesichtsausdruck, sich zu entspannen, und lächelte. „Nun, dann bin ich ja froh, dass ich heute Morgen so spät dran bin und nicht im Garten war und dass ich nicht derjenige war, der die Frau am Strand finden musste. Wie hast du sie eigentlich gefunden?"

Dallas atmete durch. „Ich wollte Mom besuchen, und als ich in den Garten kam, hörte ich einen Schrei. Ich rannte zum Strand, fand sie und brachte sie zu Mom und Lisa, damit sie ihr bei der Entbindung helfen konnten."

„Glaub mir", sagte Alice. „Ich hätte getan, was getan werden musste, aber es war eine Erleichterung, die Rettungskräfte wie Helden durch diese Türen kommen zu sehen.“

Er konnte nicht anders, sondern legte seine Hand über ihre und drückte sie. „Dann bin ich froh, dass sie gekommen sind und du diese stressige Situation nicht durchmachen musstest.“

In diesem Moment hörten sie ein Baby schreien. Sie alle drehten sich zur Tür, als das Baby noch einmal schrie.

„Ist das normal, Mom?“, fragte Dallas.

„Das ist normal.“ Sie lächelte ihn an. „Es ist gut, wenn das Baby weint. Dallas, ich bin so froh, dass du sie gefunden hast!“

Er nickte. „Nicht mehr als ich. Und ich hoffe, dass so etwas nie wieder passiert, aber ich werde mir ein paar YouTube-Videos ansehen, wie man in einer Notsituation ein Baby entbindet. Nur für den Fall, dass ich noch einmal in sowas hineinstolpere.“

Alle lächelten ihn an, und dann öffnete sich die Tür, und die Sanitäter kamen mit einer Rolltrage heraus.

* * *

Der Krankenwagen fuhr ab, und Dallas folgte ihnen. Alice sah die Gruppe an, die mit ihr in der Einfahrt stand. „Nun, das war mal eine Erfahrung für uns und Lorna. Ich weiß nicht, ob wir ins Krankenhaus fahren sollen oder es reicht, dass Dallas da ist und uns informiert. Sie muss erledigt sein.“

Seth legte eine Hand auf ihre Schulter und drückte

sie. „Soweit ich das sehen konnte, warst du großartig, wie du ihr in der kurzen Zeit geholfen hast, bis der Krankenwagen gekommen ist. Sieht für mich so aus, als könntest du tun, was du willst, also wenn du ins Krankenhaus willst, fahre ich dich. Dich auch, Lisa."

„Nein." Lisa wedelte mit den Händen. „Ich habe nicht mehr lange Zeit, bis das Restaurant eröffnet, und ich möchte mein Menü weiter optimieren. Komm gleich mal vorbei und probier ein paar meiner Nachspeisen für den Eröffnungsabend."

„Und ich …" Alice verschränkte die Arme und sah ihn unsicher an. „Ich weiß nicht, was ich tun soll, aber ich denke, wir könnten vielleicht fahren."

Er schmunzelte. „Ja, ich dachte mir irgendwie, dass das der Plan wäre. Dann komm, lass uns gehen. Hast du, was du brauchst?"

„Ich muss meine Handtasche holen und bin dann bereit." Sie lächelte ihn an und ging hinein.

Er öffnete die Tür des Trucks, als Alice mit ihrer Handtasche zurückkam. Er würde alles für diese Frau tun. Es war schön zu sehen, wie sie sich freute, ihren Anteil an dieser Entbindung gehabt zu haben. Sie wurde wieder ihr altes Ich, und das war gut für alle. Woran, soweit er wusste, wenn man bedachte, dass er erst seit ein paar Monaten für sie arbeitete, sie vom ersten Tag an gearbeitet hatte. Sie kletterte auf den Sitz, lächelte ihn an, und sein ganzes Selbst lächelte zurück.

„Danke, dass du mich fährst. Ich werde wahrscheinlich nicht lange bleiben, aber wir können einfach nachsehen, ob sie etwas braucht. Ich meine, sie war ganz allein da draußen. Ich habe kein Handy und nichts gesehen." Sie sah ihn an. „Ihr Fahrzeug könnte hier irgendwo sein."

„Du hast recht. Halte während der Fahrt Ausschau, ob du fremde Wagen an der Straße oder auf dem Parkplatz am Strand dort oben stehen siehst. Heute Morgen ist es zwar ruhig da, aber vielleicht sind in dieser Gegend doch so viele, dass ein fremdes Fahrzeug gar nicht auffällt."

„Ich werde mich dennoch danach umsehen."

Er schloss die Tür und stieg dann auf seiner Seite ein. Innerhalb von Sekunden fuhren sie die Straße hinunter. Sie zeigte auf einige Fahrzeuge, die normalerweise nicht da standen. Wenn sie Gelegenheit hatten, mit Lorna zu reden, könnten sie fragen, welchen Wagen sie fuhr.

„Ich bin froh, dass Dallas da draußen war", sagte Seth. „Ist er gerade in die Stadt zurückgekehrt?"

„Ja. Und ich freue mich, dass er wieder da ist. Seine Schulter und sein Arm bereiten ihm große Probleme, und er muss für eine Weile mit dem Wettkampf aufhören. Vielleicht muss er sogar ganz aufhören. Er liebt das Rodeo zwar, aber seiner Schulter geht es wirklich nicht gut."

„Wow! Und er hat sie vom Strand hergetragen?"

„Ja. Auch wenn ich nicht sicher bin, wie."

„Entschlossenheit. Und vielleicht hat Gott einen Plan."

Sie neigte den Kopf und sah ihn an. „Ich habe genau dasselbe gedacht. Hast du gesehen, wie entschlossen er war, ins Krankenhaus zu fahren?"

„Ja, habe ich. Interessant." Er sah zu ihr und fragte sich, was sie gerade dachte.

„Ich hoffe, es ist eine positive Erfahrung für ihn. Für sie beide."

Seth hoffte das auch.

KAPITEL VIER

lice umarmte Dallas, sobald sie ihn im Wartezimmer sah. „Hast du schon was von Lorna gehört?"

„Lorna?"

„Ja, kanntest du ihren Namen nicht?"

Er schüttelte den Kopf. „Nein. Aber danke. Sie bringen sie jetzt in ein Zimmer. Und es geht ihr gut. Ich bin froh, dass ich sie am Strand gefunden habe."

„Du solltest da sein." Sie nickte ihm zu, weil es stimmte.

„Ich schätze, ich gehe dann mal rein und sehe nach ihr, ob sie etwas von mir braucht." Sein Ausdruck war ernst. „Ich weiß nicht, ob sie jemanden hat."

„Dann klingt das nach einem guten Plan. Lass uns wissen, wie es ihr geht und ob sie etwas braucht."

„Nun, Mom, ich bin sicher, du kannst auch reingehen. Ich meine, ist ja nicht so, als ob ich sie kenne."

Sie sah zu Seth, und er hob eine Braue. Ihre Gedanken wirbelten durcheinander, und sie sah ihren Sohn an. „Ich denke, es ist schon so hart genug für sie, ohne dass ein Haufen Fremde da reinkommt. Ich wollte nur vorbeischauen und dir sagen, dass wir für dich da sind, und wenn sie etwas braucht, ruf uns, und wir holen es. Glaub mir, ich würde dieses Baby und Lorna gern sehen, aber ich habe nicht das Gefühl, dass jetzt die richtige Zeit dafür ist. Dieser Mann hier bringt mich zurück ins Inn, damit wir mit unserem letzten Projekt beginnen können. Aber im Ernst: Wenn sie *irgendetwas* braucht, lass es mich wissen."

Dallas sah etwas verwirrt von ihren Worten aus, nickte aber. „Das werde ich, Mom, und ich bin mir sicher, dass dies ein ziemlich turbulenter Tag für sie war, also könntest du recht haben – weniger Action an diesem Abend könnte das Beste sein."

Als sie und Seth wieder auf dem Parkplatz ankamen, hielt sie inne. „Ich weiß nicht, was ich tue, aber es fühlte sich richtig an. Er hat sie gefunden, sie gerettet, und jetzt lasse ich ihn von hier aus weitermachen. Ich bin sicher, dass wir sie morgen oder übermorgen sehen werden. Wie auch immer, höre ich mich wie eine Verrückte an?"

Seth griff nach ihrer Hand. „Du klingst wie jemand, der etwas Gutes für seinen Sohn will."

„Das tue ich. Aber ich weiß nichts über sie, nicht einmal, ob sie schon verheiratet ist. Aber wenigstens hilft er. Zu helfen ist immer gut für jemanden, der am Boden ist. Danke, dass du für mich da bist."

„Immer", sagte er und drückte sanft ihre Hand.

Sie war wirklich sehr begeistert von Seths Reaktion auf ihre Verrücktheit. Er glaubte nicht, dass sie den Verstand verloren hatte. Er schien zu denken, dass sie sich wie eine Mom verhielt, die sich kümmerte, und er stimmte zu. Seth war ein großartiger Typ. Und wenn sie ihn jetzt so ansah, verstärkte das nur ihre Zuneigung zu ihm. Er war beim Umbau des Bed & Breakfast so gut zu ihr gewesen, und dabei, das Restaurant zu einem großartigen Lokal zu machen. Und jetzt würde er ihr einen schönen Pavillon bauen, in dem man auf Wunsch heiraten konnte. Oder man konnte ihn für Jubiläen nutzen oder wenn man sein Gelübde erneuern wollte. „Also, bist du bereit, heute im Garten zu arbeiten?"

Er schmunzelte sie an, als er die Tür des Trucks öffnete. „Ja, bin ich. Ich bin bereit. Bist du bereit, dafür zu sorgen, dass ich es so mache, wie du willst?"

Alice lachte leise. „Ja, bin ich. Das bin ich sicher. Ich kann es nicht abwarten, ein weiteres deiner Meisterwerke zu sehen." Und sie meinte es.

* * *

Lornas Herz schwoll vor Liebe an, als sie den schönen Baby-Jungen in ihren Armen betrachtete. Sie konnte immer noch nicht glauben, dass sie den Morgen überstanden und so viel Hilfe bekommen hatte, um ihr Baby auf die Welt zu holen. Sie hörte, wie die Tür ihres Zimmers aufgedrückt wurde, und sah voller Vorfreude auf. Dallas steckte den Kopf in den Raum, und ein intensives Gefühl der Dankbarkeit erfüllte sie.

Sie lächelte, als sie seinem Blick begegnete. „Hallo, Dallas. Komm doch bitte herein."

„Okay", sagte er leise, betrat den Raum und schloss dann die Tür hinter sich. Er ging bis auf zwei Meter an das Bett heran und blieb stehen. „Wie läuft's?"

„Es läuft gut, und das habe ich dir zu verdanken. Und Dallas, mein Name ist Lorna Jordon, und ich bin dir so dankbar und fände es schön, wenn wir uns duzen könnten. Komm doch her, damit du ihn besser sehen kannst." Sie winkte ihn zu sich und legte das Baby in den anderen Arm, damit Dallas ihm gegenüberstand. „Das ist Landon. Ich habe ihn nach meinem Vater benannt, der gestorben ist, als ich sieben war. Er war ein sehr netter Mann." Sie meinte jedes Wort über ihren Dad und war begeistert gewesen, ein Kind nach ihm benennen zu können.

„Freut mich, dich kennenzulernen, Lorna. Er sieht hübsch aus. Ah, sieh nur – er lächelt dich an." Er sah sie an. „Und es tut mir leid, dass du deinen Dad verloren hast. Ich hab' meinen vor zwei Jahren verloren, also war ich gesegnet, ihn länger zu haben, aber wenigstens hattest du deinen Dad lange genug, um ihn ein wenig kennenzulernen und gute Erinnerungen zu haben."

Ihre Blicke trafen sich, und sie fühlte eine unbestreitbare Verbindung zu Dallas.

„Danke!" Sie sah auf Landon hinunter. „Ich finde ihn anbetungswürdig. Und ich bin froh, ihn zu haben. Ich möchte dir danken, dass du meine Stimme gehört hast und herbeigeeilt bist, um mein süßes Baby zu retten. Wenn du nicht gekommen wärst, ich weiß nicht, was passiert wäre."

Er biss sich in die Lippe. *Der Mann sah so gut aus, wenn er sich in die Lippe biss.* Er war bezaubernd. Sie hatte wirklich ein Problem. Höchstwahrscheinlich, weil sie gerade dieses wertvolle Baby zur Welt gebracht hatte und ihre Emotionen aufgewühlt waren.

„Sehr gern", sagte er eine Sekunde später. „Ich bin auch froh, dass ich da war, um es zu tun."

Sie starrten einander an. Und sie war kurzzeitig sprachlos. Dann machte ihr Baby plötzlich ein Geräusch, und beide sahen auf ihn hinunter. Er hatte ein Lächeln im Gesicht. Und er schmunzelte breiter, als sie hinsahen.

„Wow, er ist glücklich." Dallas lachte leise.

Sie war es auch. „Ja, aber weißt du, man hat mir gesagt, das bedeutet, dass er muss oder so, aber ich nehme es mal als Ausdruck dafür, dass er glücklich ist, denn ich bin es auf jeden Fall."

„Ich werde dann mal ein bisschen neugierig sein", sagte er. „Hast du alles, was du brauchst, in deinem Haus oder in deiner Wohnung? Hast du Familie, die ich anrufen könnte? Ansonsten kann ich dir bringen, was du brauchst."

Irgendwas, das sie brauchte? Sie ignorierte das Ziehen an ihrem Herzen. „Eigentlich habe ich keine Familie. Und ich kenne niemanden hier, da ich erst seit ein paar Wochen hier bin. Könntest du mich vielleicht nach Hause bringen, wenn sie mich entlassen? Ich habe ein Haus."

Ja, sie hatte ein Haus – unter sehr seltsamen Umständen.

„Ja. Ich werde tun, was immer du brauchst. Also, keine Sorge deswegen, okay?"

Ihr Herz raste, und ihre Erleichterung nahm zu, weil sie sich schon Sorgen gemacht hatte, ein Taxi rufen zu müssen. Das hier war so viel besser.

KAPITEL FÜNF

Nina Hanson fuhr die Einfahrt der McIntyre Ranch entlang. Es hörte nie auf, sie ein bisschen aus dem Gleichgewicht zu bringen, wenn ihr klar wurde, dass sie ein Teil dieser gigantischen Ranch werden würde, sobald sie und Jackson verheiratet waren. Es war ein Wunder für sie, dass sie auf diese winzige kleine Insel von Star Gazer gekommen war, um einem Stalker zu entkommen, und dabei Jackson und seine Mom und Lisa und all die Menschen von Star Gazer und dem Star Gazer Inn kennengelernt hatte. Es hatte drei Jahre gedauert, in Abgeschiedenheit am Ende der kleinen Insel, mit dem leerstehenden Inn als ihrem einzigen Nachbarn. Und dann hatte Alice McIntyre es gekauft und war eingezogen, und ihr Leben hatte sich verändert, als sie Jackson kennenlernte.

Natürlich hätte sich ihr Leben allein schon geändert, als sie seine wunderbare Mom und deren Freundin Lisa kennenlernte, die beide zu ihren engsten

Freunden geworden waren. Aber Jackson war der Zuckerguss auf dem Cupcake. Er war unglaublich. Und es spielte keine Rolle, ob er von dieser gigantischen Ranch oder aus einer kleinen Hütte mitten im Nirgendwo kam; sie konnte es kaum erwarten, seine Frau zu werden.

Als er aus der großen Scheune kam und winkte, donnerte das Herz in ihrer Brust, und sie winkte zurück und stellte dann das Auto ab. Lächelnd kam er herüber, öffnete ihre Tür und nahm ihre Hand, um ihr aus dem Fahrzeug zu helfen. Sobald sie draußen war, schloss er sie in seine Arme, senkte den Kopf und küsste sie innig.

Ihre Knie gaben sofort nach.

„Ich bin froh, dass du hier bist. Ich habe dich vermisst." Er hob den Kopf und zwinkerte ihr zu. „Ich vermisse dich immer. Das weißt du, nicht wahr?"

Sie liebte ihn so sehr. „Das tue ich, und ich empfinde genauso. Ich kann es kaum abwarten, dass wir ein gutes Datum für diese Hochzeit finden. Weil ich so bereit bin."

„Nun, wir werden uns den Kalender genauer ansehen, und wir werden etwas finden, weil ich es satthabe. Ich hätte dich schon vor dem Friedensrichter geheiratet, aber ich weiß, dass du mehr willst und auch mehr verdienst."

„Ich würde dich auch vor dem Friedensrichter heiraten, aber du weißt genau, dass wir Freunde und Familie dabeihaben wollen."

„Ja, wollen wir, und ich will, dass du die

wunderschöne Hochzeit bekommst, die du verdienst."

„Ich will nur dich."

„Und jetzt wirst du gerade kitschig. Was ich liebe." Er lachte leise und küsste sie wieder, zog sie dann an sich und ließ jeden Nerv in ihrem Körper tanzen.

Sie lösten sich voneinander und gingen in Richtung Scheune. Sie war so glücklich. „Also sind die Jungen gekommen?"

„Ja, sind sie. Du wirst gleich zwei der schönsten Hengstfohlen sehen, die du je gesehen hast. Es ist verrückt, dass sie erst gestern Abend auf die Welt gekommen sind."

„Und dann auch noch gleichzeitig, das ist unglaublich! Aber du hattest ja schon gesagt, du hast das Gefühl, dass sie wirklich knapp nacheinander kommen würden."

„Ja, ich hatte nur so ein Gefühl, als ich den Tierarzt angerufen habe. Als er hier ankam, dachte er das Gleiche, und er hat den Großteil der Nacht hier draußen damit verbracht, diese beiden Fohlen auf die Welt zu holen. Eins war keine leichte Geburt, aber zum Glück ist es okay. Er und ich waren wirklich müde um drei Uhr morgens, als er endlich nach Hause fahren konnte."

„Oh, hast du überhaupt schlafen können? Ich hätte heute Morgen nicht rauskommen müssen – du hättest dich ausruhen können."

„Ich habe mich etwas ausgeruht. Außerdem freue ich mich, dich zu sehen. Ich hoffe, deine Fahrt nach Dallas war gut. Ich wünschte, ich hätte dich hinfahren können."

„Die Kunstgalerie war wunderschön, und die Show dort nächsten Monat wird gut werden, glaube ich." Sie hatte hinfahren und sich den Ort ansehen müssen und war zufrieden. Dieses Wochenende war ihre erste Ausstellung seit langer Zeit, und sie würde hier in der Stadt stattfinden. Sie freute sich darauf. „Es wäre schön gewesen, wenn du mich hättest fahren können, aber dein Geschäft ist auch wichtig, und du musstest hier sein. Diese Hengstfohlen entstammen deiner preisgekrönten Blutlinie und bedeuten viel für die Ranch."

„Stimmt. Aber du bedeutest mir mehr als all das."

Sie sah zu ihm auf, so berührt von seiner Erklärung. „Ich glaube dir. Aber das bedeutet nicht, dass du unverantwortlich sein darfst und für sowas Wichtiges nicht hier sein musst. Ach, du meine Güte!" Sie sah die Hengste und deren Mütter in nebeneinanderliegenden Boxen. „Wunderschön!"

Die Hengste liefen in ihren Boxen herum, und sie waren nicht so wackelig auf den Beinen, wie sie gedacht hatte. Sie hatten einen kleinen Körper und lange Beine; einer hatte die schöne Farbe von braunem Wildleder und einer war blassbraun. Sie waren umwerfend. Sie hätte den ganzen Tag zusehen können, wie sie sich umherbewegten.

Sie sah Jackson an. „Ich glaube nicht, dass ich es jemals satthätte, etwas so Atemberaubendes wie das hier zu sehen."

Seine Lippen verzogen sich zu einem zustimmenden Lächeln. „Geht mir auch so. Sie sind großartig, nicht wahr? Das Einzige, was besser ist, ist, wenn ein menschliches Baby geboren wird. Andererseits könnte ich mir auch dich den ganzen Tag lang ansehen."

Sie lächelte. „Apropos: Sobald wir dieses Datum für unsere Eheschließung geklärt haben, werden wir endlich wissen, wann wir unsere eigenen schönen Babys bekommen können."

Er zog sie in seine Arme und küsste ihre Stirn. „Dem stimme ich zu. Also gehen wir jetzt in mein Büro und finden es heraus. Und wenn ich dafür etwas absagen muss, werde ich es tun."

Sie hatten versucht, all seine Verpflichtungen zu umgehen. Er hatte einen vollen Terminplan mit Meetings, einige auf der ganzen Welt. Die Führung des riesigen McIntyre Ranch-Imperiums war auf alle Brüder gefallen, nachdem sie ihren Vater verloren hatten, aber Jackson hatte den Vorsitz. Er war derjenige, der eingetreten war, um das zu übernehmen, was sein Vater getan hatte, und das hatte ihm eine große Last aufgebürdet. Das Letzte, was sie wollte, war, ihm noch mehr aufzulasten. Und jetzt veranstaltete sie auch noch Kunstausstellungen, also hatten sie einen ziemlich komplizierten Zeitplan zu durchforsten.

„Ich bin wirklich für eine schnelle Eheschließung vor dem Friedensrichter."

„Nein, das habe ich doch schon gesagt – ich will dir die Hochzeit schenken, die du verdienst."

Die Planung der Hochzeit beschäftigte ihn jetzt wirklich, und sie wusste, dass sie ein Datum festlegen mussten, allein schon für seine Seelenruhe. Aber sie hatte keinen Scherz gemacht, als sie gesagt hatte, dass sie auch vor dem Friedensrichter heiraten würde. Dann hätte sie auf jeden Fall eine kleine Zeremonie mit nur seiner Familie dort, und es wäre schön. Aber das wäre nicht fair gegenüber den Freunden seiner Familie, die seine Mutter und seinen Dad liebten und deren ältesten Sohn glücklich sehen wollten. So ging sie mit ihm ins Haus und hoffte, sie könnten ein Datum finden, das jedem passte.

KAPITEL SECHS

„Guten Morgen, alle zusammen", sagte Riley, als er seine Brüder in der Küche auf einen Kaffee traf, bevor sie ihren Tag begannen.

„Guten Morgen." Tucker nahm einen Schluck von seinem Kaffee. „Hast du gehört, was Dallas gestern gemacht hat?"

Er sah Dallas an. „Ich war fast den ganzen Tag weg. Was ist passiert?"

„Er hat Retter in der Not gespielt", sagte Jackson, als er sich eine Tasse Kaffee eingoss.

„Wirklich? Was hast du gemacht?" Riley wusste, dass sein Rodeo-Bruder nach Hause gekommen war, weil seine Schulter verletzt war, und jetzt bemerkte er das Coolpack darauf.

„Ich bin zu Mom gefahren und ging gerade durch den Garten, als ich einen verzweifelten Schrei vom Strand hörte. Ich bin hin und habe Lorna gefunden. Sie hatte Wehen. Ich habe sie zu Mom gebracht, und Gott sei Dank hat Mom übernommen. Wir haben wirklich eine ganz besondere Mom. Sie konnte Lorna beruhigen und hat damit die Zeit überbrückt, bis der Notdienst da war."

„Wow! Geht es dem Baby gut?"

„Ja, ich wollte gleich zurück ins Krankenhaus, und ich fahre sie nach Hause, wenn sie sie heute gehen lassen. Wenn nicht, dann morgen."

„Bin ich froh, dass ich das nicht war!" Tucker hob eine Braue. „Aber wir alle wissen ja, dass du alles schaffen kannst, Dallas."

Alle stimmten zu. Dallas war jemand, der normalerweise mit allem umgehen konnte, was er sich vorgenommen hatte. Aber mit seiner Schulter lief alles ein wenig langsamer.

Riley hatte Mitleid mit ihm, weil er ziemlich sicher war, dass Dallas wegen der Schulter den Sport verlieren würde, den er so liebte. Er nickte zu seiner Schulter. „Wie geht es dem Gelenk? Musstest du sie tragen?"

„Ja, das hat er", sagte Tucker. „Er wird es nicht zugeben, aber er hat große Schmerzen."

„Ich schaff' das schon. Das Coolpack und das Ibuprofen werden helfen." Dallas sah auf die Kompresse. „Das musste schon während eines Ritts funktionieren."

Riley wusste, dass sein Bruder einen lebensverändernden Kampf führte. „Okay, ich hoffe, du hast recht. Warum hat sie niemanden, der sie nach Hause bringt?"

„Ich glaube nicht, dass sie hier überhaupt jemanden hat. Ich weiß nicht alles, aber sie scheint gerade erst in die Stadt gezogen zu sein.“

„Das finde ich sehr interessant“, sagte Jackson. „Aber sie hatte großes Glück, dass du sie gerettet hast.“

„Ich bin nur froh, dass ich sie gehört habe.“ Dallas sah dankbar aus. „Okay, ich fahre jetzt. Euch einen schönen Tag!“

„Dir auch, und lass es uns wissen, wenn wir etwas für sie tun können“, sagte Riley.

„Ja“, stimmte Jackson zu. „Wenn du einen Blick auf ihre Wohnung geworfen hast, sag uns Bescheid, wenn sie etwas braucht.“

„Klar doch. Danke!“

Tucker sah sehr ernst aus. „Sie hatte großes Glück, dass du da warst. Ich bin froh darüber.“

„Ich auch.“ Dallas nahm das Coolpack herunter und ging zur Tür hinaus.

Riley sah ihm hinterher, wie alle. „Nun, Leute, das ist interessant.“

„Meinst du?“, fragte Jackson. „Dallas ist ohne einen Plan hierhergekommen, und das geschah fast sofort. Das wird ihm etwas geben, das ihn von der Veränderung in seinem Berufsleben ablenken wird.“

Sie stimmten alle zu.

Riley wusste, dass es seinem Bruder sehr schwerfallen würde, das aufzugeben, was er liebte. Er hingegen hatte noch nie einen Job gehabt, an dem er so gehangen hatte. Aber er hatte vor Kurzem etwas gefunden, das sein Interesse weckte. „Okay, also, ich muss jetzt los. Ich wollte mich nur für das Wochenende verabschieden", sagte Riley. „Ich habe ab morgen ein Damenwochenende zu betreuen."

Seine Brüder lachten alle.

„Hey, kein Urteil!"

Tucker grinste. „Wirst du spionieren?"

„Nein, ich werde für die Wartung zuständig sein." Er stellte seinen Becher in die Spüle und ging zur Tür. Er hatte sich jetzt schon eine Weile mit Campingplätzen für Frauen befasst, seit er eine schöne Frau mit einem sehr interessanten kleinen Wohnwagen an der Tankstelle getroffen hatte. Er hatte die Fenster für sie geputzt und war interessiert gewesen, aber sie hatte ihm ihren Namen nicht genannt. Doch als er sie wegfahren gesehen hatte, war ihm eingefallen, dass er am Strand der Ranch den perfekten Ort für einen Campingplatz hatte. Nicht nur einen normalen Campingplatz, sondern einen Glamour-Platz, wie diese Frauen ihn für Wochenendausflüge nutzten. Ein Campingplatz mit besonderen Annehmlichkeiten wie Massagen, Gesichtsbehandlungen und anderen Dingen – Dinge, die er hoffte, an diesem Wochenende zu sehen.

Ein Camp hatte er sich genauer angesehen, nachdem er festgestellt hatte, dass ihr Platzwart krank geworden war und sie also eine freie Stelle hatten. Er hatte sofort angerufen und nun ein interessantes Wochenende vor sich.

Er hoffte, dass vielleicht die Frau von der Tankstelle dort wäre. Aber wer wusste das schon? Das war vielleicht vollkommen weit hergeholt.

* * *

Es stellte sich als ein toller Septembertag heraus, als Dallas den Truck auf den Parkplatz einer sehr schönen Ranch fuhr und anhielt. Er war überrascht gewesen, als er in die Einfahrt gebogen war, um Lorna nach Hause zu bringen. Aus irgendeinem Grund war eine Ranch der letzte Ort, an dem er sie sich vorgestellt hatte.

Er sah zu ihr hinüber. „Das ist schön." Seine Familien-Ranch war auf der anderen Seite der Stadt, aber nicht sehr weit entfernt.

Sie blickte seltsam drein, während sie sich umsah. „Ja, ist es. Ich bin seit ungefähr zwei Wochen hier und muss mich immer noch daran gewöhnen. Ich erkläre es dir später. Wir müssen das Baby rein und ins Bett bringen. Dann habe ich hoffentlich die Energie, das mit der Ranch zu erklären."

„Klingt nach einem guten Plan." Er stieg aus, öffnete dann die hintere Wagentür und entriegelte den Babysitz, der mit dem Anschnallgurt gesichert war und als Trage und Autositz fungierte.

Lorna ging langsam den Weg hinauf und zu einer Seitentür, vor der draußen eine Terrasse war. Er bemerkte überall das wüchernde Gras, als er ihr folgte. Das Grundstück war schön, brauchte aber etwas Aufmerksamkeit.

Sie erreichte die Tür und öffnete sie. „Komm rein!"

Er ging an ihr vorbei und wartete dann, als sie

herein und an ihm vorbeiging. Sie sah müde aus, und er wollte, dass sie sich setzte und sich ausruhte. Er ging in den Küchenbereich und war von dem Raum beeindruckt. Er wirkte männlich, mit dunklem Holz, aber er war schön.

Sie ging an der Küchenbar vorbei zum Wohnzimmer, was ebenfalls beeindruckend war. Sie ging weiter und um eine Ecke in einen Flur und dort in den zweiten Raum. Er folgte ihr in das Babyzimmer. Es war nicht so eingerichtet wie einige der Kinderzimmer, die er gesehen hatte, aber es stand ein süßes weißes Babybett dort mit blauen Bettdecken und ein paar Stofftieren. Und es gab einen blau-weißen Schaukelstuhl.

„Schönes Zimmer." Er stellte die Babytrage in den Stuhl, und sie holte den Kleinen heraus und nahm ihn wieder auf den Arm. Landon lächelte im Schlaf. Dallas war es egal, was man über lächelnde Babys und Gase oder was auch immer sagte. Dieses Baby lächelte wirklich. Zumindest schien es ihm so.

Lorna lächelte auch und legte Landon ins Bettchen, sah dann schnell nach seiner Windel und lächelte erneut, weil sie noch sauber war. Sie zog eine dünne Decke über seinen kleinen Bauch und seufzte, als sie ihr Baby ansah. Dallas beobachtete sie. Ihr Ausdruck war eindeutig ein Ausdruck der Liebe und eindeutig als solcher zu erkennen.

Sie sah zu ihm hinüber und ging dann Richtung Tür. „Ich gehe besser ins Wohnzimmer und setze mich.

Wenn du etwas trinken möchtest, es gibt Wasser und Orangensaft im Kühlschrank.“

„Nein, danke, ich brauche nichts. Du siehst wirklich müde aus. Komm schon, sorgen wir dafür, dass du dich setzen kannst.“

Sie gingen zurück ins Wohnzimmer. Ein Sessel mit Ottomane und Decke war so ausgerichtet, dass der Nutzer einen Blick auf das Wohnzimmer und die Küche hatte, obwohl er ein ganzes Stück von der Küche entfernt war. Sie ging sofort hin und ließ sich auf den Sitz sinken, nahm dann die Decke und legte sie über sich, während sie ihre Füße auf die Ottomane hob.

Sie sah zu ihm auf. „Ich muss nur meine Energie zurückbekommen.“

„Ja, und das wirst du. Aber hast du in der Zwischenzeit jemanden, der dir helfen kann?“

Sie schloss die Augen und lehnte ihren Kopf gegen die Rückenlehne des Sessels. „Nein, ich fürchte, den habe ich nicht. Ich muss mich daran gewöhnen.“

Das war so seltsam. Er sah sich im Raum um. Nichts in diesem Raum sah nach ihr aus. Es war, als hätte hier ein Cowboy gelebt, und zwar allein. Er bemerkte ein Bild an der Wand, ging hinüber und stellte fest, dass es einen Roper zeigte, den er ein wenig gekannt hatte, aber im Moment war sein Gehirn zu verwirrt, um seinen Namen zu finden.

„Ich hole dir ein Wasser.“ Er ging in die Küche.

„Das Bild ist von Lewis Franks. Er ist Landons Vater. Er hatte Krebs, bösartig, und ist vor drei Monaten gestorben. Ich habe normalerweise keine solche

Beziehung. Ich bin dreimal mit ihm ausgegangen, als er für eine Woche nach Houston kam. Normalerweise mache ich das nicht, und an diesem Abend wusste ich, dass ich es vermasselt hatte. Ich fühlte mich nicht zu ihm hingezogen, wie ich es hätte sein sollen, wenn ich so intim werden wollte. Und er hat sich danach für eine Weile im Bad eingeschlossen. Ich habe gemerkt, dass es ihm genauso leidtat, was wir getan hatten wie mir. Er ist schnell gegangen und am nächsten Tag nach Hause geflogen. Ein paar Tage später hörte ich von ihm, als er anrief, um mir zu sagen, dass er krank sei, seit ein paar Monaten schon und nicht mehr nach Houston zurückkommen werde. Ich fühlte mich schlecht für ihn, aber es war in Ordnung für mich, dass ich ihn nicht wiedersehen würde. Und dann, etwa eine Woche später, fing es an, dass mir morgens schlecht war. Als ich endlich einen Test machte und sah, dass ich schwanger war, war es schwer, mich daran zu gewöhnen."

Er ging durch den Raum und hielt ihr das Glas Wasser hin. „Da bin ich mir sicher. Hier, trink etwas davon."

Sie sah ihre Hände an, und er hatte Mitleid mit ihr. Sie musste wirklich entsetzt gewesen sein.

„Danke!" Sie begegnete seinem Blick, seine Augen waren voller Emotionen. „Da musste ich ihn noch einmal anrufen. Und er war fast schockierter als ich. Er war auch schwach – ich konnte es in seiner Stimme hören. Er war noch krank. Er stellte mir Fragen, und dann sagte er mir mit brechender Stimme, dass er vor der Geburt des Babys sterben werde, aber dass er dafür sorgen wolle, dass für uns gesorgt ist. Ich konnte es nicht glauben, und es tat mir so leid für ihn. Er war dünn gewesen, als ich mit ihm ausgegangen bin, aber dass er sterben musste, war einfach unglaublich. Und ich wusste nicht, was er damit meinte, dass für uns gesorgt sei. Ich nahm an, dass er mir ein bisschen Geld hinterlassen wollte, aber ich war mir nicht sicher. Ich habe in den ersten sieben Monaten nichts mehr von ihm gehört. Dann ist er vor etwas mehr als einem Monat gestorben, und ich bekam einen Anruf von seinem Anwalt, für die Verlesung des Testaments." Sie atmete ein, dann nahm sie einen Schluck Wasser.

„Das klingt wirklich schwer für dich."

„Ja. Als ich in diesem Haus ankam, betraten wir das Wohnzimmer, und ich war die einzige Person hier mit dem Anwalt. Ich bin fast ohnmächtig geworden. Meine Wohnung in Houston war sehr klein, und mein Job war nicht so toll für mich als alleinerziehende Mom, um mich gleichzeitig um ein Baby zu kümmern. Ich saß irgendwie in der Klemme. Aber als der Anwalt das Testament verlas und ich erfuhr, dass ich die Ranch erben sollte, ein Einkommen und andere Dinge, war ich schockiert. Es war nicht nur eine große Ranch, sondern es war Geld, von dem man leben konnte. Es war ein Erbgut, das ihm gehörte. Und dann sind da noch die Rinder und Pferde. Ich bin kein großer Ranchmensch, deshalb bin ich gerade etwas verwirrt."

Dallas war vollkommen schockiert. Was für eine Geschichte! Diese Frau war in einer komplizierten Situation, aber Himmel! Diese Ranch mit den Pferden und Kühen geerbt und einen Platz für ihr Baby zu haben, war ein Segen für sie. Er wollte seine Brüder fragen, was sie über Lewis Franks wussten. Er war älter als Dallas gewesen, also war er, nach dem, was er so vermutete, wenn er Lornas Alter auf ungefähr neunundzwanzig schätzte, auch einige Jahre älter als sie gewesen.

„Diese Geschichte ist der Wahnsinn! Dir gehört also jetzt dieses Anwesen, und du hast ein Einkommen."

„Ja. Ich muss mich an alles gewöhnen, aber ich habe keine finanziellen Sorgen oder Sorgen um das Haus. Ich muss mich nur daran gewöhnen."

„Nun, das ist wirklich ein Segen", sagte er. Sie sah erschöpft aus und konnte sich eine Weile nicht unterhalten. „Ich gehe in die Küche und mache etwas zu Mittag. Du bleibst da sitzen und ruhst dich aus, und wir werden dich füttern und dann noch mal nach dem Baby sehen. Wie klingt das?"

Ihre Augen waren geschlossen, und sie nickte. „Danke! Vielen Dank!"

„Ich bin froh, hier zu sein und dir helfen zu können." Und das war er.

Dallas betrat die Küche und ging in Gedanken alles noch einmal durch, was er gerade erfahren hatte. Dieses Mädchen brauchte Hilfe. Das war vollkommen offensichtlich. Er öffnete den Kühlschrank und sah glücklicherweise eine noch geschlossene Dose mit Putenfleisch. Er holte sie heraus, zusammen mit einem Glas Mayonnaise. Er nahm auch den Orangensaft, weil er annahm, sie bräuchte wahrscheinlich ein paar

Vitamine. Er blickte ins Wohnzimmer und sie sah aus, als würde sie schlafen. *Sie war müde und allein.* Sein Gehirn wirbelte vor Sorge um sie.

Er stellte die Zutaten für das Sandwich auf die Theke und nahm dann das Brot, das er am Ende der Theke gesehen hatte. Er öffnete die Schränke, bis er die Teller fand und holte zwei heraus. Er machte schnell zwei Sandwiches und legte sie jeweils auf einen Teller. Er brauchte mehr, also ging er in die Speisekammer und schnappte sich einen halbvollen Beutel Kartoffelchips. Sie brauchte Vorräte. Hier gab es nicht viel. Er würde ihr anbieten müssen, für sie einkaufen zu gehen.

Nachdem er ein paar Chips auf den Tellern hatte, ging er zurück ins Wohnzimmer und stellte den Teller auf den Tisch neben ihrem Sessel. Das Glas Orangensaft stellte er daneben. Dann ging er wieder in die Küche, nahm seinen Teller und kam zurück. Sie lag immer noch mit geschlossenen Augen da.

Sein Herz raste, als er die Hand ausstreckte und ihre berührte. „Lorna, dein Mittagessen ist hier.“

Sie öffnete ihre müden Augen, begegnete seinem Blick und lächelte. Und wenn sie lächelte, machte sein Herz lustige Dinge.

„Danke! Vielleicht gibt mir das Energie.“ Sie nahm eine Hälfte des Sandwiches und biss hinein.

Er biss ebenfalls in seins und gab ihr Zeit, etwas Essen in den Magen zu bekommen. Sie war fast fertig mit der ersten Hälfte des Sandwiches, als ihm klar wurde, was er tun musste.

„Also, ich habe mir Folgendes überlegt. Ich bin vor Kurzem nach Hause gekommen, weil meine Schulter und mein Oberarm wirklich angeschlagen sind. Nicht, dass sie für immer ruiniert sind, aber es könnte so kommen, wenn ich weitermache mit dem, was ich tue. Ich muss vielleicht operiert werden. Ich kenne viele Typen, die nach einer Operation weiterhin Bullen reiten und sich dann einer weiteren Operation unterziehen müssen. Jedenfalls bin ich vorerst hier, um es so gut wie möglich heilen zu lassen, bevor ich eine Entscheidung über meinen nächsten Schritt treffe. Sie brauchen mich nicht auf der Ranch mit meinem einen Arm, also werde ich dir helfen. Wenn es dir nichts macht.

Wenn ich so aus deinem Fenster sehe, finde ich, dass dein Rasen gemäht werden müsste. Du hast Pferde und Kühe, die vielleicht etwas Pflege brauchen. Ich kann sie da draußen auf der Weide sehen, und ich hoffe, es gibt keine Tiere in der Scheune, denn das hieße, dass sie seit zwei Tagen nicht gefüttert wurden, es sei denn, du hast jemanden, der vorbeikommt. Aber wie auch immer, nur für den Fall, dass es niemanden gibt, kann ich mich um dich kümmern und dir hier im Haus und mit dem Baby helfen, solange du mich brauchst. Also keine Sorge, ich gehe da raus und seh mir alles an, füttere die Tiere und schau mir dann auch den Rasenmäher an. Wenn ich heute nicht damit anfangen kann, dann morgen früh.“

Eine Träne rann über ihr Gesicht. „Bist du dir sicher? Ich weiß nicht recht, was ich sonst tun soll. Der

Typ, der sie gefüttert hat, hat einen anderen Job angenommen, sagte mir der Anwalt. Gott sei Dank gibt es da draußen Gras, also konnten sie was fressen, und es gibt Wasser. Aber sie brauchen wahrscheinlich auch andere Dinge. Ich weiß nichts von Kühen oder Pferden."

Er war voll bei der Sache und seltsamerweise begeistert. „Ich werde mich um sie kümmern. Und du musst mir nichts bezahlen. Ich melde mich freiwillig."

„Aber ich kann dich bezahlen."

„Nein, ich mache das als Freund."

Sie blickte weg, und er sprach ein schnelles Dankgebet, dass er sie vom Strand hatte retten können, als sie in solcher Not gewesen war, und jetzt würde er ihr weiterhin helfen können.

KAPITEL SIEBEN

Alice starrte den Pavillon an und war voller Freude. Seth hatte ihn perfekt hinbekommen. „Es sieht so toll aus!"

„Ich bin froh, dass er so aussieht, wie du es dir erhofft hast." Seth stand fast ganz oben auf der Leiter, während er ein letztes Stück Holz an der Ecke anbrachte.

„Ich bin erstaunt, wie schnell du das aufgebaut hast."

„Drei Tage sind nicht schlecht. Und morgen bringen wir die Schindeln aufs Dach."

Sie konnte immer noch nicht glauben, wie schnell er war. „Nun, so langsam solltest du runterkommen. Möchtest du eine Tasse Kaffee oder vielleicht ein Dessert?"

Er kam die Leiter herunter. „Ich dachte, du könntest mit mir essen gehen."

„Abendessen." Sie hatte den größten Teil des

Nachmittags mit Lisa zusammengearbeitet, während sie das Menü fertiggestellt hatten, und sie war tatsächlich mehr als bereit, mal aus dem Haus zu kommen. Dass es mit ihm war, machte das Ganze natürlich zu etwas Besonderem. „Okay. Wohin wollen wir gehen?"

„Ich dachte, wenn wir jetzt aufbrechen, solange wir noch Tageslicht haben, können wir uns was zum Mitnehmen holen und es auf dem Boot essen."

Sie liebte es, mit ihm auf das Boot zu gehen. „Klingt perfekt."

„Super! Dann lass uns los. Du überleg dir einfach, was du möchtest, und wir fahren direkt zum Boot."

Dreißig Minuten später waren sie auf dem Boot. Sie sah während der Fahrt zu ihm. Der Wind zerzauste sein dunkles Haar, das von grauen Strähnen durchzogen war. Er sah so gut aus.

Er sah zu ihr hinüber. „Schön, dass du mitgekommen bist."

„Ich freue mich, dass du mich eingeladen hast. Es war eine einzigartige Woche, nicht wahr? Ich meine, wir kümmern uns gerade um die letzten Dinge, bevor das Inn eröffnet wird. Du beendest den Pavillon und dann wird die Gartengestaltung um ihn herum abgeschlossen, und wir sind bereit zu öffnen. Außerdem hilft Dallas jetzt diesem schönen Mädchen. Er ist gerade bei ihr und sorgt dafür, dass sie alles hat, was sie braucht."

„Eine *sehr* einzigartige Woche. Dallas' Situation macht sie wirklich dazu."

„Das stimmt. Er ist noch nicht ins Detail gegangen, aber er hat mir gesagt, dass sie nichts braucht, da sie eine Ranch und ein Einkommen hat. Sie war gerade auf die Ranch gezogen, die der Daddy des Babys ihr hinterlassen hat, aber sie braucht Hilfe mit dem Anwesen, also wird er jetzt dableiben und sie unterstützen. Ich denke, es ist gut für ihn, denn wenn er da draußen ist, sich um ihre Sachen kümmert und sich darauf konzentriert, ihr zu helfen, dann hat er etwas, das ihn davon abhält, zu viel über seine eigene Situation nachzudenken. Vielleicht hilft es ihm, sich an den Gedanken zu gewöhnen, dass er nicht mehr an Wettkämpfen teilnehmen wird. Ich bin nur sehr neugierig zu sehen, was passiert.“

„Ich finde es auch sehr interessant“, sagte Seth. „Dallas ist ein toller Kerl, dass er so einspringt. Das ist eine tolle Ranch da draußen.“

„Ich weiß. Ich hatte ja keine Ahnung, bis du mir davon erzählt hast. Der Dad des Babys hatte Pferde und Rinder, aber das meiste Geld hat er mit etwas verdient, das er für eine Maschine erfunden hat.“

„Das ist wirklich interessant.“

„Sehr. Ich bin froh, dass Dallas ihr hilft.“ Sie waren ziemlich weit aufs Meer hinausgefahren und konnten die Küste in der Ferne sehen und andere Bootsfahrer, die den Abend genossen. Sie sah sich alles an, atmete einmal tief durch und entspannte sich. „In einer Woche werde ich das Bed-and-Breakfast und ein Restaurant eröffnet haben. Mir läuft ein Schauer über den Rücken, wenn ich nur daran denke."

Er verlangsamte das Boot und brachte es dann zum Stehen. Sie saßen je auf einem Platz, aber nicht allzu weit voneinander entfernt. Er drehte seinen Stuhl zu ihr um und lächelte. „Das ist einer der Gründe, warum ich wollte, dass du heute hier rauskommst und mit mir isst. Ich wollte sehen, wie es dir mit all dem geht. Und ich weiß, dass ich bis Ende dieser Woche mit meiner Arbeit für dich fertig sein werde. Es wird sich komisch anfühlen. Aber ich möchte dir bei allem helfen, was getan werden muss. Ich freue mich für dich, und ich komme zur Eröffnung. Ich glaube, es wird ein toller Abend."

„Es ist immer noch schwer zu glauben, dass ich hier bin. Mir kommen die Tränen, wenn ich an all das denke, was ich durchgemacht habe, aber ich habe nicht aufgegeben. Das ist alles Vergangenheit. Und ich weiß, dass ich das schon oft gesagt habe, aber William wäre stolz darauf, dass ich weitermache. Es wird wirklich ein toller Abend. Alle Kinder werden da sein und dann Freunde und alle, die vorbeikommen wollen, es wird ein Tag der offenen Tür für alle sein. Wir setzen die Einladung auch in die Zeitung. Und es wird fantastisches Essen auf der Party geben. Der Abend wird hoffentlich großartig, und ich bin so froh, dass du kommst."

Er nahm ihre Hand. „Ich freue mich, dass du mich eingeladen hast. Und ich bin froh, dass ich an der Fertigstellung beteiligt war. Aber vor allem freue ich mich, dass ich dich kennengelernt habe. Du wirst das großartig machen."

Sie lächelte sanft. „Ich denke, ich werde dir mal glauben."

Er lachte leise. „Kluge Entscheidung. Jetzt nehmen wir uns die Tasche da drüben und essen zu Abend."

„Klingt nach einem guten Plan. Und ich hoffe, dass ich, auch wenn du nicht mehr für mich arbeitest, immer noch mit dir auf dem Boot rausfahren darf."

Er legte seine andere Hand über ihre Hände und hielt ihren Blick. „Ich bin froh, dass du das sagst, denn ja, ich möchte unsere Bootsfahrten fortsetzen und mich weiterhin mit dir treffen."

„Ich auch. Ich weiß, dass es ein langsamer Prozess ist, während ich mein Leben in Gang bringe, aber ich genieße es wirklich, dich zu sehen."

„Genau das wollte ich hören. Und jetzt: Lass uns essen."

* * *

Am Morgen, nachdem sie aus dem Krankenhaus nach Hause gekommen waren, bewegte Lorna sich langsam, aber sie bewegte sich. Sie starrte aus dem Fenster und sah Dallas beim Mähen ihres Gartens zu, obwohl es ihr immer noch schwerfiel, es ihren Garten zu nennen. Aber Dallas war fantastisch. Sie wusste, dass sie vorsichtig sein musste, so sehr, wie sie ihn schon mochte. Es war nicht nur, dass sie ihm dankbar war; sie musste auch aufpassen, dass sie ihn zu mögen und ihm dankbar zu sein nicht durcheinanderbrachte.

Er hatte die Nacht in dem Zimmer auf der anderen Seite von Landons Zimmer verbracht. Und hatte nach ihr und dem Baby gesehen, wann immer er hörte, dass sie auf war, und sie vermutete – oder hatte so ein Gefühl – dass er das auch ein paar Mal getan hatte, wenn sie nicht auf gewesen war. Weil sie niemanden hatte, der da war, und es die erste Nacht war, hatte er ihr vorgeschlagen, ihn das tun zu lassen, und sie hatte gern zugestimmt. Als sie heute Morgen aufgewacht war, hatte er das Frühstück schon gemacht. Er hatte ihr gesagt, sie solle so viel Zeit im Bett verbringen, wie sie brauchte, und dass er sich um alles kümmern und Mittag- und Abendessen kochen würde. Sie sagte es nur ungern, aber heute hatte sie Schmerzen und wusste nicht, ob das für die meisten neuen Mütter normal war, aber sie musste es ruhig angehen.

Als sie ihr Glas mit Wasser füllte und aus dem Fenster auf ihn starrte, sprach sie ein schnelles Dankgebet. Er war ein erstaunlicher Mensch. Sie drehte das Wasser aus, ging dann zurück zu ihrem Sessel im Wohnzimmer und stellte das Glas auf den Tisch daneben. Sie ließ sich in den Sessel sinken und zog die Decke über ihre Beine und bis zur Taille. Sie nahm das Glas und trank einen langen Schluck. Sie stillte ein Baby und war entschlossen, hydriert zu bleiben. Nach dem Füttern füllte sie ihren Wasservorrat auf. Sie stellte das Glas ab, lehnte den Kopf zurück, schloss die Augen und entspannte sich einfach. Und so verrückt das auch war, ihre Gedanken wanderten wieder zu Dallas.

Dallas. Sie sagte sich immer wieder, sie solle nicht zu weit gehen. Aber im Moment ging ihr Gehirn, wohin es wollte, und dachte an den netten, gutaussehenden Mann, der ihr Retter gewesen war.

Wenige Augenblicke später hörte sie, wie sich die Tür öffnete. Sie öffnete ihre Augen, um Dallas in die Küche gehen zu sehen. Er hob seine Hand, winkte ihr zu und ging zum Spülbecken. Er drehte das Wasser an, schnappte sich die Seife, spritzte sich etwas in die Hände und begann, sie zu waschen.

„Wie geht es dir? Bereit für etwas zu essen?", fragte er und sah sie an.

Ihr Puls raste. „Mir geht es ziemlich gut. Ich hatte heute Morgen dieses wunderbare Frühstück, und ich glaube, es hat einfach Wunder bewirkt."

Er lachte. „Nun, dann werden wir sehen, ob das Mittagessen das Gleiche hinbekommt. Obwohl es ein weiteres dieser Sandwiches sein wird."

„Ist schon okay. Das ist gut."

Er stellte das Wasser ab, nahm ein Handtuch und trocknete sich die Hände. „Nach dem Essen fahre ich zum Supermarkt. Aber zuerst werde ich den Rest des Gartens um das Haus fertig machen. Ich muss später noch viel mähen, aber es ist wichtiger, zum Supermarkt zu fahren. Ich werde uns Lebensmittel besorgen, damit du die Energie hast, die du brauchst. Ich dachte, sobald wir gegessen haben, und ich wieder da rausgehe und den Rasen zu Ende mähe, könntest du mir eine Liste schreiben. Denk daran, dass du deine Energie aufbauen musst. Jede Art von Lebensmitteln, von denen du meinst, dass sie dazu beitragen werden, müssen wir besorgen. Ich koche auf dem Grill oder in der Pfanne. Ich schaue mir die Liste an, und wenn mir im Laden noch andere Dinge einfallen, kaufe ich sie. Schreib alles auf, was dir einfällt. Und wenn du kein Geld dafür hast: Ich schon."

Ein Schock durchfuhr sie, als er anbot, sie tatsächlich finanziell unterstützen zu wollen. „Nein, er hat mir auch Geld hinterlassen, also bin ich versorgt. Aber vielen Dank für das süße Angebot. Du bist großartig. Ich weiß nicht, was ich tun würde, wenn du nicht da wärst."

„Hör mal, ich bin sogar dankbar, hier zu sein. Meiner Schulter geht es schlecht. Und wenn ich nicht hier wäre, würde ich trübselig rumsitzen, weil ich nicht bei einem Rodeo sein kann und weiß, dass ich mein Leben ändern muss. Hier zu sein und dir zu helfen, ist wirklich eine gute Sache für mich. Hab deswegen bitte kein schlechtes Gefühl, okay? Es ist irgendwie wild, dass es so gekommen ist. Ich bin einfach froh, dass ich da war, um dir zu helfen und dir auch jetzt helfen kann."

Er meinte es vollkommen ernst, sie konnte es an seinem Gesichtsausdruck sehen. Einer der Gründe, warum sie ihn wirklich mochte. „Danke! Vielen Dank!"

75

KAPITEL ACHT

Am Sonntagnachmittag belud Alice ihr Auto mit einem Auflauf und einem Babygeschenk, das sie am Tag zuvor gekauft hatte, und fuhr auf die Ranch, auf der Lorna lebte. Sie war so stolz auf ihren Sohn. Dallas hatte wegen dieses Mädchens seine Krise überwunden, und sie freute sich, es zu sehen. Er hatte das so sehr gebraucht, wie anscheinend auch Lorna ihn brauchte. Alice war froh, dass sie sich zurückgezogen und ihnen Zeit für sich gelassen hatte.

Sie freute sich darauf, Lorna und das Baby wiederzusehen. Und zu sehen, wie Lorna und Dallas miteinander auskamen. Sie erwarteten sie, aber sie hoffte, dass sie ihren Zeitplan nicht durcheinanderbrachte. Sie war mit dem Wagen in die Auffahrt gebogen, die über eine kurze Strecke zum Haus führte. Die Ranch sah hübsch aus.

Sie hatte sie sich im Internet schon angesehen und dabei auch gelesen, dass der Dad des Babys an Krebs gestorben war. Dallas hatte ihr schon davon erzählt und dass es sehr schnell gegangen sei. Er hatte bereits von seinem baldigen Tod gewusst, als er Lorna kennenlernte. Er war nach Houston gekommen, um ein paar Pferde zu verkaufen, als sie einander trafen. Offensichtlich hatte es gleich gefunkt, und sie war schwanger geworden. Sie hatten sich nicht mehr verabredet, nachdem er hierher zurückgeflogen war, aber sie hatte es ihm telefonisch mitgeteilt. Er war schockiert gewesen und hatte ihr gestanden, dass er nicht mehr lange zu leben hatte. Alice kannte nicht alle Details, aber er hatte Lorna die Ranch und das Geld hinterlassen. Er hatte sich also um sie und sein Kind gekümmert. Alice war immer noch erstaunt über die Geschichte.

Sie erreichte das Haus, stellte das Auto ab und stieg aus. Sie starrte auf das große Haus im Ranch-Stil. Es hatte nur ein einzelnes Stockwerk und war weitläufig, mit großen Fenstern und viel Holz. *Hübsch.* Sie griff auf den Rücksitz, nahm den Auflauf und das Geschenk für das Baby und ging dann zur Vordertür. Sie klingelte.

Kurze Zeit später öffnete Dallas die Tür. „Mom, schön, dich zu sehen! Komm rein." Er zog die Tür auf, umarmte sie und deutete dann den Flur hinunter, wo sie einen schönen Wohnbereich sehen konnte.

„Ich freue mich, dich zu sehen, und auch das Baby und Lorna. Schön, dass ich herkommen konnte."

„Ehrlich gesagt ist Lorna sehr aufgeregt, dass du kommst. Sie hat das Baby im Wohnzimmer, damit du es sehen kannst." Er nahm ihr den Auflauf ab, schloss die Tür, und sie gingen den Flur hinunter.

Das Haus war sehr maskulin, aber schön, und als sie ins Wohnzimmer kamen, sah sie Lorna in einem beigefarbenen Sessel mit Ottomane. Es sah gemütlich aus, und sie hatte das Gefühl, dass Lorna die meiste Zeit darin verbrachte.

„Mrs. McIntyre, bitte kommen Sie rein, und setzen Sie sich hierher." Lorna zeigte auf den Platz neben ihr. „Sie können Landon halten."

Alice durchquerte schnell den Raum und sank in den Sessel, der etwa einen halben Meter von Lornas entfernt stand. Er sah aus, als wäre er extra für sie näher herangeschoben worden. „Wissen Sie, wie froh ich bin zu sehen, dass es Ihnen beiden gut geht? Und dieses süße Baby ist entzückend."

„Danke!" Lorna blickte durch den Raum zu Dallas, der nun in Richtung Küche ging. Dann sah sie zurück zu Alice. „Ich hätte das nicht ohne Ihren Sohn hinbekommen. Er war großartig. Ich hatte niemanden. Ich hatte jemanden einstellen wollen, der mir hier helfen sollte, aber ich hatte ja noch zwei Wochen vor mir, und ich war noch nicht dazu gekommen."

Alice streckte ihre Hand aus und tätschelte Lornas Arm. „Die Dinge laufen eben so, wie sie sollen. Vielleicht sind wir nicht immer glücklich darüber, wie sich alles entwickelt, aber manchmal haben wir Glück, und es funktioniert sehr gut. Sieht so aus, als wäre dies einer dieser Fälle. Sie haben jemanden gebraucht, der sich um Sie und diesen wunderschönen kleinen Jungen und dieses wunderbare Anwesen kümmern kann, das Sie hier haben. Und mein süßer Sohn da drüben, der gerade so still ist, musste wegen seiner Schulter hier sein. Er muss gerade eine Menge Entscheidungen treffen, und das ist offensichtlich der perfekte Ort für ihn. Ich weiß nicht, aber manche Dinge funktionieren einfach."

„Ja, das tun sie. Nun, möchten Sie diesen kleinen Jungen halten?"

„Sehr gern. Ich warte darauf, selbst irgendwann ein Enkelkind zu bekommen, aber bis jetzt hat noch niemand geheiratet, also habe ich noch kein eigenes erleben dürfen. Aber im Moment bin ich begeistert, diesen hübschen kleinen Kerl halten zu können."

Sie nahm das Baby an, als Lorna es ihr übergab, und sie kuschelte ihn an sich. Sie lächelte zu ihm hinab, er war wunderbar. Er schlief, öffnete aber kurz seine Augen, sah sie an und schloss sie dann wieder. „Er ist anbetungswürdig. Ich habe es immer geliebt, meine Babys zu halten. Ich hoffe, es macht Ihnen nichts, wenn ich immer mal wieder vorbeikomme. Und ehrlich gesagt, ich eröffne zwar gerade das Restaurant und das Bed and Breakfast, aber ich werde dort nicht jeden Tag arbeiten. Ich habe genug Leute eingestellt, also wenn Sie irgendwann etwas brauchen oder etwas vorhaben und jemand soll auf ihn aufpassen, dann würde ich es liebend gern tun."

Sie sah die Überraschung in dem Gesicht des

Mädchens. Diese junge Frau war allein; es war natürlich schwer gewesen, den Ort zu verlassen, wo sie gewohnt hatte, und hierher in eine Stadt zu ziehen, die ihr völlig fremd war.

„Ich weiß nicht, was ich sagen soll … danke.“

„Schauen Sie nicht so überrascht drein. Ich bin wirklich froh, Sie kennengelernt zu haben, und ich betrachte Sie jetzt als Freundin. Ich hoffe, Sie sehen mich auch als Freundin. Und ich fände es schön, wenn wir uns duzen könnten.“

„Gern. Und ich kann eine Freundin gebrauchen“, sagte Lorna, und eine sanfte Emotion erfüllte ihre Worte.

Alice schaukelte das Baby. „Ich kann dir sagen, dass auch andere gern mit dir befreundet wären. Eine davon ist Lisa, die dir geholfen hat, dein Bett fertig zu machen. Sie wollte auch kommen, aber sie ist voller Panik, da sie noch alles für die Feier am Freitag und die offizielle Eröffnung am Samstag vorbereitet, deswegen ist sie nicht hier. Aber sie wird kommen. Und auch andere.“

„Ich hoffe, sie bekommt alles fertig. Hört sich so an, als würde sie sehr hart arbeiten.“

„Das tut sie. Aber es wird klappen. Sie ist einfach eine Perfektionistin, und ihr Essen ist das beste. Weißt du, ich bin mir nicht sicher, ob du schon viel herumkommst, aber du bist herzlich zu meiner Eröffnung eingeladen. Dallas sollte auch kommen, und ich bin sicher, dass du mit ihm kommen kannst. Natürlich weiß ich, dass du dir Sorgen wegen des Babys machst, also kommt es darauf an, ob du das Baby schon mit rausnehmen willst."

Dallas kam zurück in den Raum, setzte sich auf die Couch und lehnte sich mit den Ellbogen auf den Knien nach vorn. „Und ich würde mich freuen, wenn du mit mir kämest, wenn dir danach ist. Aber ich weiß, dass es vom Baby abhängt und wie du dich fühlst."

„Es klingt so wundervoll! Ich würde das B&B gern sehen. Ich fühle mich jeden Tag stärker, es ist ja schon fast eine Woche her. Aber glaube nicht, dass das Baby bis dahin bereit wäre. Ich denke, ich muss für den Abend absagen, aber vielleicht kann ich, wenn Landon etwas älter ist, zu euch kommen. Es klingt einfach richtig schön."

„Okay", sagte Alice. „Es steht dir immer offen. Lass es mich einfach wissen, und wir essen zusammen zu Mittag und schauen es uns an oder gehen am Strand spazieren. Also, wenn du magst, aber vielleicht ist dir die Lust darauf vergangen."

„Ja, ich denke, ich werde diesmal den Strandspaziergang auslassen." Lorna schmunzelte.

* * *

Am Freitag, wenige Minuten vor der Veranstaltung, war Alice froh, dass das Inn so charmant aussah. Die Terrasse und die Gärten waren außergewöhnlich schön. Sie hatten Tische aufgestellt und das erstaunliche Essen, das Lisa und ihre Helfer zubereitet hatten, war bereit.

Das Personal sah glücklich aus, und sie war mit jedem, den sie eingestellt hatte, sehr zufrieden. Sie war sogar noch zufriedener, dass sie jetzt hier waren, und sie wusste, dass sie die Begrüßung der Gäste großartig machen würden.

Der Pavillon war einfach perfekt heute Abend. Im Laufe der Jahre würde es dort großartige Momente mit besonderen Veranstaltungen geben. Heute würde die Band, die sie bestellt hatte, den ganzen Abend spielen, und wenn Gäste tanzen wollten, könnten sie das. Der Speisesaal im Inneren war atemberaubend. Sie hatten alle Tische eingedeckt, damit die Leute dort essen konnten, wenn sie sich etwas vom Buffet im Gartenbereich ausgesucht hatten. Später, wenn das Restaurant eröffnet war, würde der Raum für die Bewirtung und Unterhaltung der Gäste genutzt werden, und es würden viele Leute hineinpassen. Mit der Außenterrasse sogar noch mehr. Sie liebte es. Und Lisa auch.

Alice sah auf ihre Uhr und atmete noch einmal tief durch. Sie wusste, dass Lisa und ihre Leute in der Küche damit beschäftigt waren, die letzten Dinge vorzubereiten, und draußen wurde das Essen aufgebaut. Sie hatten alle viel zu tun. Es würde wirklich ein toller Abend werden. Sie hörte ein Klopfen an der Tür des hinteren Bereichs und drehte sich um, um Seth zu sehen. Ihr Herz hüpfte. Sie war so froh, ihn zu sehen. Sie eilte zur Tür, öffnete sie und fiel in seine Arme. Es war einfach nur natürlich. Dann sah sie zu ihm auf, froh, dass seine Arme um sie herum lagen und sie festhielten. Er ermutigte sie, aber in diesem Moment wusste sie, dass sie in ihren Gefühlen für ihn weitergegangen war.

„Ich freue mich so, dich zu sehen."

Er schmunzelte. „Und ich bin ganz aufgeregt, dich zu sehen. Offensichtlich bin ich früh genug hier, um dir noch etwas Mut zu machen, bevor alle anderen kommen. Tut mir leid, aber ich musste das sagen." Er sah ihr in die Augen, und sie tätschelte ihm den Rücken.

„Ich habe dich tatsächlich hier gebraucht. Alles sieht toll aus, und ich freue mich sehr, bin aber auch ein bisschen nervös. Du hilfst mir definitiv, mich zu beruhigen."

Er küsste ihre Stirn. „Ich werde alles tun, damit du dich besser fühlst, Honey. Du siehst schön aus, und alles hier sieht fantastisch aus." Er drückte sie kräftig und hielt dann nur einen Arm um sie, damit sie beide auf den wunderschönen Gartenbereich mit dem Meer im Hintergrund blicken konnten. „Es ist toll, Alice – einfach wunderschön. Alle werden eine wundervolle Zeit hier haben. Ich sehe, dass die Band da drüben sich schon vorbereitet. Das wird gut werden. Und wenn du dich entscheidest, dass du tanzen möchtest, bin ich dein Mann dafür. Ich weiß, du wirst beschäftigt sein, aber du solltest wissen, dass ich verfügbar bin, wenn du eine Runde drehen möchtest."

„Ich bin mir nicht sicher … aber, wer weiß, vielleicht komme ich am Ende auf dein Angebot zurück. Ich glaube, alle werden es genießen. Im Haus sieht alles wunderbar aus, und wir haben ein paar junge Frauen, die jeden herumführen, der sich umsehen will. Aber die Leute können gern auch selbst herumlaufen und sich allein alles anschauen. Dann werden meine Aushilfen hinterher nachsehen, dass die Betten noch in Ordnung sind, oder nicht irgendwas Verrücktes passiert ist, du weißt, was ich meine?", sagte sie im Scherz, verdrehte die Augen und runzelte die Stirn.

Er lachte. „Daran hatte ich gar nicht gedacht, aber du könntest recht haben. Der ein oder andere oder sogar Paare könnten sich entscheiden, ein Bett auszuprobieren."

Das Rumalbern fühlte sich gut an, da es ihr half, sich zu entspannen. „Die Möglichkeit, dass jemand das tut, besteht immer, auch wenn ich es bezweifle. Aber man weiß ja nie."

Er lachte wieder und drückte ihre Schulter. „Nun, denken wir positiv. Alles klar, irgendetwas, wobei ich dir helfen kann?"

„Sicher. Ich denke, hier wird bald viel los sein. Du könntest mir einfach dabei helfen, alle willkommen zu heißen, und wenn jemand eine Wegbeschreibung braucht, kannst du ihm sicher sagen, wie er dorthin kommt. Und ich werde alle darauf hinweisen, dass du die meiste Arbeit geleistet hast und offen für Aufträge bist."

„In Ordnung. Dafür bin ich zwar nicht gekommen, aber ich bin immer offen für neue Kunden."

„Nun, weißt du, du bist engagiert, talentiert und

arbeitest hart, also ist das nichts, womit man hinterm Berg halten sollte. Ich hoffe, der heutige Abend bringt dir ein paar Kunden."

„Danke! Und ich hoffe, dass alles, was ich getan habe, um das Haus gut aussehen zu lassen, auch dir hilft, Kunden zu gewinnen."

Sie lächelten einander an, und dann klingelte es an der Tür.

„Oh, oh, ich höre die erste Klingel! Jemand ist hier." Seth drehte sie zur Tür. „Solltest du nicht öffnen?"

Ihr Puls klopfte, und Alice schüttelte den Kopf, als die Stimme des Mädchens, das für die Eingangstür zuständig war, jemanden willkommen hieß.

„Damit ich nicht den ganzen Abend an der Haustür stehe, habe ich beschlossen, die Leute hier willkommen zu heißen."

„Ergibt Sinn."

Jackson und Nina kamen durch die Tür zu ihnen und beide umarmten sie, dann umarmte Nina Seth, und Jackson schüttelte ihm die Hand und klopfte ihm auf die Schulter.

„Es sieht wunderschön und erstaunlich aus", sagte Nina eindeutig beeindruckt.

„Das finde ich auch, und es sollte ein großartiger Abend werden", sagte Jackson.

„Und so viele werden kommen. Ich habe die Leute die ganze Woche darüber reden gehört", sagte Nina.

„Das hoffe ich. Ich freue mich so, euch beide zu

sehen.“

„Hey, wir sind da“, sagte Riley und kam schmunzelnd auf sie zu. Er warf seine Arme um sie, drückte sie und trat dann beiseite, damit Tucker, der bei ihm war, dasselbe tun konnte.

„Es wird ein toller Abend werden“, sagte Riley. „Und ich sehe eine Menge gutes Essen, also muss Lisa da sein. Die kann vielleicht kochen! Ich habe mich darauf gefreut, herzukommen – nur wegen ihres Essens.“

Alle lachten, und Alice klopfte ihm auf die Brust. „Nun, du bist ein guter Testesser, also kannst du mir sagen, was du denkst, nachdem du alles ausprobiert hast. Das wäre sehr hilfreich.“

Er lachte. „Das werde ich mit Freuden tun, Mom. Ich helfe dir doch gern.“

„Und ich werde mich ihm anschließen.“ Tucker lachte. „Das sieht toll aus, Mom.“

„Danke“, sagte sie und lächelte breiter. „Nun, habt einen schönen Abend, und wenn jemand so aussieht, als wüsste er nicht, wo es langgeht, zeigt es ihm bitte – das wäre großartig.“ Sie war so froh, ihre Familie zu sehen. Alle waren da, bis auf Dallas.

„Das ist fantastisch, Mom“, sagte Dallas, der mit perfektem Timing gerade vom Garteneingang hereingekommen war.

Sie wirbelte herum und umarmte ihn. „Du bist gekommen! Ja. Und danke. Ich bin auch sehr zufrieden. Wie geht es Lorna?“

„Es geht ihr gut. Sie hat diese Woche große Fortschritte gemacht. Ich soll dir alles Gute wünschen. Sie wollte auch kommen, aber sie war noch nicht bereit, das Baby bei so vielen Leuten mitzubringen oder jemanden zu finden, der auf ihn aufpasst. Ich mache ihr keinen Vorwurf, aber danke, dass du sie eingeladen hast."

Alice war froh, sie eingeladen zu haben, und hoffentlich hatte sie ihr das Gefühl gegeben, willkommen zu sein. „Das verstehe ich. Ich freue mich, dass es ihr besser geht. Gut, dass du da draußen bist."

„Danke! Ich bin auch froh, ihr helfen zu können."

Weitere Leute kamen, und Alice seufzte und sah ihre Familie mit einem Lächeln an. „Okay, Familie, ihr amüsiert euch jetzt, und ich gehe andere Gäste begrüßen. Hab euch alle lieb."

Und so begann der Abend.

Viele Leute kamen. Lisa kam heraus und begrüßte die Leute, nachdem sie dafür gesorgt hatte, dass die Dinge in der Küche gut liefen. Es war offensichtlich, dass sie eine gute Crew angeheuert hatte und eine kleine Pause machen konnte, weil die Leute Alice und Lisa kennenlernen wollten.

„Hey, schön, dass du dich mir angeschlossen hast." Alice umarmte sie.

„Ich freue mich auch, mich zu dir gesellen zu können. Sieht so aus, als gäbe es heute Abend viel zu tun. Das ist sehr vielversprechend für die Zukunft", sagte Lisa.

„Ja, das ist es, und ich bin so froh, dass du mit mir dabei bist."

Lisa legte einen Arm um sie. „Du hast keine Vorstellung, wie glücklich ich bin, hier zu sein. Das wird großartig werden. Und ich freue mich darauf, mit allem, was ich habe."

„Ich mich auch. Neu anzufangen ist spannend. Ich bin so froh, dass ich mich dazu entschlossen habe. Es war, als hätte William mich irgendwie den Weg hierhergeführt, und ich weiß, dass er sich heute Abend für mich freut."

„Dem stimme ich zu. Dem stimme ich voll und ganz zu."

Alice sah sich im Garten um, wo die Gäste waren und einige Leute tanzten. Sie entdeckte Seth, der bei Dallas stand. Sie war so froh, dass Seth hier war. Sein Blick traf ihren, und er lächelte und hob ihr sein Glas entgegen. Ihr Herz schlug schneller, als sie ihn anlächelte.

Und sie wusste, dass das hier in Bezug auf mehr als nur die Eröffnung eines B&B ein toller Neuanfang war.

KAPITEL NEUN

Nina war voller Begeisterung für Alice und Lisa. „Ich denke, das war ein wunderbarer Abend, und ich bin so glücklich für deine Mom und für Lisa", sagte sie und lehnte sich an Jackson.

„Ich auch, und, weißt du, ich habe mir alles genau angesehen, und auch wenn die Suche nach einem Hochzeitstermin langsam den Eindruck macht, als wäre es das Schwierigste auf der Welt, werden wir es schon hinbekommen. Aber eine Location dafür zu finden muss nicht so schwer sein. Dies hier wäre ein wunderschöner Ort für eine Hochzeit, obwohl ich nicht weiß, wie viele Gäste du einladen möchtest, also reicht der Platz vielleicht nicht aus."

Sie legte ihre Arme um ihn, und er begann, sich zu wiegen, als wären sie auf der Tanzfläche. Sie lächelte und lehnte sich an ihn, blickte ihm ins Gesicht, so glücklich. „Ich finde, es ist ein wunderschöner Ort, aber willst du nicht auf der Ranch heiraten?"

Er küsste sie kurz. „Wir haben einen sehr hübschen Garten auf der Ranch, aber ich will ihn nur, wenn du es tust."

„Ich denke, sie sollte dort stattfinden."

„Was sollte wo stattfinden?", fragte Riley, der zu ihnen kam.

Sie hörten auf, sich zu wiegen, und Nina lächelte ihn an. „Wir sprechen über unsere Hochzeit. Und wir haben beschlossen, dass sie auf der Ranch stattfinden wird."

Riley lächelte. „Ich finde, das ist eine großartige Idee. Es ist ein perfekter Ort, wo wir das große Zelt aufbauen können, wie Dad es früher für Viehauktionen gemacht hat. Mir gefällt die Idee."

„Ich glaube, wir haben einen Plan!" Jackson gab ihr noch einen Kuss.

Sie war begeistert, dass sie sich darauf hatten einigen können. Jetzt mussten sie noch das Datum finden. Sie sah Riley an, denn Jackson hatte ihr erzählt, dass er über das Wochenende in einem Camp gewesen war. „Wie war dein Wochenende?"

Jackson neigte den Kopf. „Ja, wie war's?"

„Nun, es war in Ordnung. Ich hatte gut zu tun, musste verschiedene Probleme lösen, die irgendwie auftauchen, wenn man über fünfzig Camper hat, alles Frauen. Ich war beschäftigt, aber ich hab' auch viel gesehen. Sie gehen angeln, sie bekommen Gesichtsbehandlungen und Massagen und es gab Whirlpools, unter anderem. Sie haben nachts Vorträge über den Mond und die Sterne gehört, was ihnen anscheinend wirklich gefallen hat. Sie hatten jeden Abend eine Veranstaltung und einen Tanz, alle Ladys haben in einer großen Gruppe zu lustiger Musik getanzt – ihr wisst schon, zusammen gefeiert. Sie haben wirklich viel gemacht.“

„Klingt ganz so“, sagte Nina. „Was fandest du am besten?“

Er lachte. „Es gab eine Menge Frauenkram, und die Massagen waren alle verschieden. Ich durfte die Massagen nicht sehen – die fanden hinter einem großen Satz provisorischer Holzbarrieren statt. Sie haben sich ganz mit diesem Schlamm eingeschmiert und sich dann in die Sonne gelegt, um ihn trocknen zu lassen. Das haben nicht alle gemacht, aber es war ganz interessant.“

„Klingt auch so.“ Jackson schmunzelte. „Aber wenn du es nicht sehen durftest, woher weißt du es dann?“

„Oh, ich war für die Instandsetzung zuständig, und einer ihrer Tankmotoren ist ausgefallen. Also musste ich hinter die Vorhänge gehen, die den Bereich vom öffentlichen Gruppenbereich abschirmten. Und obwohl sich während meiner Arbeit fast alle ein Handtuch umgehängt haben, gab es doch ein paar, die mit Schlamm bedeckt waren und dachten, das wäre genug.“

Alle lachten.

„Ja, jedenfalls, ich werde mir das Ganze noch näher ansehen. Ich denke einfach, wir könnten ein Camp zum Laufen bringen, oder ich könnte das, weil ich weiß, dass niemand sonst daran interessiert ist. Ich habe einfach diesen Gedanken im Kopf, es zu tun. Ich denke, es könnte ein großer Erfolg sein, und es muss ja auch nicht immer so sein. Es könnte auch ein normaler Campingplatz werden, und das wäre dann nur ein Special, sagen wir einmal im Monat oder so. Ich weiß nicht. Ich bin sehr interessiert, und es gibt viele Frauen, denen sowas gefällt."

„Nun, ich finde es ziemlich cool", sagte Nina. „Ich denke an diese Lady. Diejenige, die du auf ihrem Rückweg an der Tankstelle getroffen hast. Die, die dein Interesse geweckt hat. War sie da?"

Er sah enttäuscht aus. „Nein, war sie nicht. Ich weiß nicht, ob ich sie jemals wiedersehen werde, aber allein durch das kurze Gespräch mit ihr war ich fasziniert von der Idee, also denke ich, wenn ich das wirklich mache, werde ich sie vielleicht irgendwann wieder treffen." Er lächelte. „Ich weiß, es ist verrückt, aber ich kann einfach nicht anders."

Jackson schmunzelte ihn an. „Hey, man weiß nie. Wenn es sein soll, dann soll es eben sein. Ich habe Nina hier getroffen, als ich nur um eine Ecke ging, weil ihr süßer kleiner Hund nicht zu Hause bleiben wollte. Nur diese eine kleine Sache. Also, wenn du das Camp öffnest, könnte es sein, dass sie auftaucht. Es könnte eine Romanze sein, die zu einer Ehe führt."

„Stimmt." Nina küsste ihn auf die Wange.

Riley lachte. „Jupp, man weiß nie. Aber ich denke immer noch ernsthaft darüber nach, also macht euch auf was gefasst.“

„Es könnte ein großer Erfolg werden, Riley. Sieh dir nur an, was Mom gemacht hat“, sagte Jackson. „Was Lisa gemacht hat. Sieh dir all diese Gäste heute Abend an – sie haben eine wunderbare Zeit. Denk an all die Leute, die das Wochenende über oder eine Woche hierbleiben werden, und die Leute, die einfach gern kommen, um in diesem sehr coolen Restaurant, das mich fasziniert, zu essen. Lisa – hui, diese Frau kann vielleicht kochen!“

„Ja, das kann sie“, sagte Nina. „Sie werden es großartig machen, und dass ich sie kennengelernt habe, war ein Segen, der mich zu dir geführt hat. Ich bin so froh, dass ich sie getroffen habe! Es wird irgendwie seltsam sein, wenn ich auf die Ranch ziehe und nicht mehr das Haus nebenan habe, um einfach rüberzugehen, einen Kaffee zu trinken und ein paar Snacks mit ihnen zu essen.“

„Ich wette, dass du sie oft besuchen wirst“, sagte Jackson. „Die Ranch ist draußen im Nirgendwo, und du wirst nicht so viele Freunde da sehen, also weiß ich, dass sie dich gerne zu Besuch bei sich hätten.“

„Wie viele Monate noch, bis ihr das Datum festlegt?“, fragte Riley erneut.

Sie lächelte. „Wir versuchen noch, eins zu finden. Wir können uns nicht entscheiden, ob wir sie früher haben wollen, wenn es noch etwas kühl ist, oder bis zum Frühling warten sollen. Wie wär’s in sechs Wochen, dann wäre es schon ein wenig warm.“ Sie lächelte

Jackson an.

Riley beobachtete sie. „Warum macht ihr es nicht einfach?"

Jackson schmunzelte. „Ich bin mir nicht sicher, aber ich bekomme so das Gefühl, dass wir in etwa sechs Wochen eine Hochzeit haben werden, wenn wir ein Datum finden können."

Nina lächelte, denn sie wusste, dass es das war, was sie wollte. „Hoffentlich können wir das und wenn nicht, werden wir einfach dich und jeden, der es schaffen kann, einladen." Der Gedanke war vielleicht egoistisch von ihr, aber im Moment, als sie ihren Mann so ansah, empfand sie genau das.

KAPITEL ZEHN

„Bist du bereit?", fragte Dallas Lorna ein paar Tage nach der Eröffnung des Inns seiner Mom. Lorna war stärker geworden, und dem Baby ging es großartig. Er hielt es gerade. Dallas war verrückt nach diesem kleinen Jungen. Er lächelte ihn an, und das brachte Dallas dazu, zurückzuschmunzeln.

„Er mag dich. Und kein Wunder – du gehst wirklich gut mit ihm um."

Dallas blickte auf und lächelte Lorna an. „Ich glaube, er mag jeden. Nicht, dass er viele Leute gesehen hat, aber ich denke, er würde es tun. Wie auch immer, bist du bereit für eine kleine Fahrt über die Ranch?"

„Das bin ich. Wir waren so eingeschlossen, und ich bin bereit, mich umzusehen. Und vielleicht kannst du mit mir darüber reden. Ich bin immer noch verwirrt."

„Ich weiß, aber ich muss dir sagen, dass es ein tolles Anwesen ist. Ich meine, ich habe neulich mit jemandem im Futtermittelladen gesprochen, und er meinte, Lewis sei besorgt um seine Ranch gewesen und dass er schon in seinem Testament verfügt hatte, dass sie verkauft werden und das Geld für irgendwas gespendet werden solle. Dann kamst du ins Bild, und das ist eine gute Sache. Ich meine, es ist schrecklich, dass der Kerl gestorben ist, aber am Ende ist es für dich und das Baby gut ausgegangen. Und ich habe so das Gefühl, dass er froh war, jemand Besonderen zu haben, dem er das alles hinterlassen konnte. Ich habe deine Kontobücher nicht gesehen, aber nach dem, was du mir gesagt hast, seid ihr gut versorgt. Wirklich, ich bin mir sicher, dass er froh war, jemanden zu haben, dem er es hinterlassen konnte."

Sie seufzte. „Das hoffe ich. Es stimmt, er hatte eine Menge Geld, das er für dieses Teil bekommen hat, das er erfunden hat. Es ist gut angelegt, also summiert sich das. Ich meine, es ist viel wert und wächst. Und die Ranch ist ein schöner Ort zum Leben. Sehen wir es uns an, und dann reden wir weiter. Ich bin bereit, das Haus zu verlassen. Und Landon auch."

Sie gingen zu seinem Truck hinaus, und er hielt den Griff des Babysitzes mit einer Hand, während er die Tür für Lorna öffnete. Er hielt ihren Ellenbogen, als sie in den Truck kletterte. Diesmal hatte sie keinerlei Probleme.

„Gut gemacht", sagte er, nachdem sie auf den Sitz gestiegen war und er immer noch die Tür aufhielt.

Sie sah ihn an und lächelte. „Ich freue mich so. Ich habe das Gefühl, wieder ich zu sein. Und ich war heute

Morgen auf der Waage und habe sogar mein ursprüngliches Gewicht zurück! Obwohl nicht alles wieder da ist, wo es hingehört. Ich habe an einigen Stellen Gewicht verloren und an anderen zugenommen."

Er sah sie mit gehobener Braue an. „Nun, für mich sah es nicht so aus, als hättest du zugenommen."

„Sogar zwanzig Pfund, und nach der Entbindung waren es noch zwölf. Der Rest ist einfach so verschwunden, ich denke, das kommt dadurch, dass ich meinen süßen Jungen stille."

„Wahrscheinlich. Du machst das toll. Und du gewinnst deine Energie zurück – das finde ich großartig." Er lächelte, schloss dann die Tür, ging herum auf seine Seite und schnallte die Babytrage auf den Sitz hinter ihm. Dann schloss er die Tür und kletterte auf seinen eigenen Sitz. Er hatte jeden Tag genossen, an dem er mit Lorna hier gewesen war. Er mochte sie sehr.

Er fuhr mit dem Truck die Weidefläche hinunter und über eins von vielen Viehgittern. „Der Typ ist offensichtlich nicht gern aus seinem Truck gestiegen, um ein Tor zu öffnen. Hier sind überall Weideroste. Das ist sehr gut."

„Wow, das ist großartig", sagte sie.

„Ja, anstatt anhalten und Tore öffnen zu müssen, hat er alle Einfahrten bodengleich mit diesen Viehsperren versehen, was wirklich toll für dich ist. Du kannst einfach drüberfahren, und wenn Kühe durchmüssen, öffnet man das Tor dort, den Zaun hinunter."

„Gut. Es ist hübsch, nicht wahr?" Sie sah sich die Weiden mit den Rindern an, und es waren auch ein paar Pferde darunter.

„Sehr. Du hast nicht nur eine sehr gut angelegte Ranch geerbt, sondern auch eine sehr schöne. Aber es ist an der Zeit, Hilfe anzuheuern und diese kleinen Kälber zum Verkauf zu bringen. Ich habe mit mehreren Verkäufern in der Stadt gesprochen und herausgefunden, mit wem er gern zusammengearbeitet hat, und es gibt bald einen Verkauf. Er ist in ein paar Wochen, deswegen wollte ich dich fragen, ob du das willst. Das ist eine ganz normale Sache, und der Mann, mit dem ich gesprochen hab', sagte, Lewis habe üblicherweise bei jeder Auktion Rinder und Kälber verkauft. Sein Vieh wirft nämlich zu unterschiedlichen Zeiten."

Sie musterte das Vieh und sah ihn dann an. „Könntest du das tun? Ich meine, hättest du Zeit, das zu tun, oder soll ich jemanden suchen, den ich einstellen kann?"

Er wollte nicht, dass sie jemanden einstellte, weil er zu sehr genoss, was er tat. „Nein, ich bin hier und helfe dir gern, und ich weiß, wie man Kühe verkauft. Ich bin auf einer großen Ranch aufgewachsen und war vor dem Wunder, dass wir Öl entdeckt haben, bei so vielen Viehverkäufen dabei. Jahrelang haben nur meine Brüder und ich die Arbeit gemacht. Während ich im

Bullenreiten antrat, habe ich weiterhin auf der Ranch gearbeitet. Als sie dann auf Öl gestoßen sind, hat das unser Leben verändert, und wir wurden Milliardäre."

„Milliardäre", sagte sie und klang fassungslos.

„Ja, das ist schwer zu begreifen. Als sie also Ranch-Arbeiter eingestellt haben, bin ich dazu übergegangen, Vollzeit im Bullenreiten anzutreten. Aber ich bin mir ziemlich sicher, dass meine Tage in dem Geschäft vorüber sind." Er wurde langsamer und sah zu den Rindern hinüber. „Für mich wird das immer offensichtlicher."

„Du hast darüber nachgedacht, nicht wahr?"

Er atmete einmal tief durch und sah sie dann an. „Ja. Ich weiß, dass ich es muss. Ich wollte es nicht wirklich akzeptieren. Aber ich will in meinen älteren Jahren kein verkrüppelter Mann sein. Und ja, ich habe die Zeit als Bullenreiter bei Wettkämpfen sehr genossen. Aber ich muss es ernst nehmen, und um ehrlich zu sein, hast du mir dabei geholfen. Hier draußen zu sein und dir zu helfen, hat meiner Schulter gutgetan. Ja, sie hat noch einiges vor sich, aber es ist so viel besser hier draußen, wenn ich dir und dem süßen kleinen Baby dort hinten helfe."

„Das freut mich so sehr. Es ist schade für dich, aber du willst es nicht zu einer lebenslangen Verletzung machen, wenn es sich vermeiden lässt."

„Stimmt. Ich bin dir sehr dankbar. Und ich habe es genossen, aber ich sehe mir deine Ranch an und denke darüber nach, was ich tun kann, um dich dabei zu unterstützen, sie noch mehr zu verbessern. Dich hier rauszubringen, ist eines dieser Dinge, denn du weißt ja nicht wirklich, was zu tun ist. Ich meine, da du noch nie eine Ranch besessen hast. Und ich liebe die Rancharbeit. Ich liebe es einfach auch, auf Bullen zu reiten."

„Es würde mir gar nicht gefallen, wenn du dich selbst verletzt und nicht tun kannst, was du so liebst. Aber wenn ich dich hier draußen bei der Arbeit sehe – ja, manchmal beobachte ich dich aus dem Fenster – ist klar, dass du es wirklich genießt, im Garten zu arbeiten, mit den Pferden zu arbeiten und das Vieh zu kontrollieren."

„Ja, das stimmt, ich kann nicht anders."

„Nun denn, während du noch weiter über deine persönliche Entscheidung nachdenkst, fände ich es ganz großartig, wenn du das Vieh für mich verkaufen würdest. Und ich werde versuchen, dir bei der Arbeit zuzusehen, damit ich, sobald du dir etwas für deine Zeit nach dem Rodeo gesucht hast, mehr darüber weiß, was zu tun ist."

Seine Brust drückte bei der Erwähnung, dass er gehen und etwas anderes tun würde, denn er wusste, dass er sehr gern hier weitermachen würde. Er genoss es wirklich, ihr und dem Baby zu helfen. Er genoss jeden Moment, den er in ihrer Nähe war. Und es gefiel ihm, ihr ihre Ranch vorzustellen.

Er fuhr auf den Hügel und hielt dort an, als ein See in Sicht kam. Er lächelte sie an. „Wusstest du, dass dir diese Schönheit gehört?"

Ihr fiel die Kinnlade herunter, als sie auf den See vor ihnen blickte. „Nein, wusste ich nicht. Er ist wunderschön und so groß!"

Er lächelte zufrieden. „Er ist nicht riesig, aber ja, es ist ein sehr schöner See. Die Rinder mögen ihn, wenn sie hier sind. Aber du könntest ihn auch genießen. Es gibt einen schönen Angelsteg. Und darauf steht eine Bank. Möchtest du hin und ein paar Minuten dort sitzen?"

„Das wäre nett. Ich kann nicht fassen, dass der hier ist!"

„Nun, denk daran, dass dies keine wirklich kleine Ranch ist. Nein, sie ist nicht so groß wie die meiner Familie, aber eine hunderttausend Hektar große Ranch zu haben, ist schon ungewöhnlich. Diese Ranch, mit etwa zehntausend Hektar Land, ist großartig. Eine schöne Größe, um Vieh zu züchten. Und auch Pferde. Ich war im Büro im Stallgebäude und hab' mir ein paar Papiere auf dem Schreibtisch angesehen. Tut mir leid, ich musste einfach. Aber Lewis hat auch Pferde gezüchtet und verkauft. Einige von ihnen hat er trainiert, aber einige von den Hengsten hat er aufgezogen und untrainiert verkauft. Also hat er getan, was ihm Spaß machte, und dabei Geld verdient. Du kannst das auch."

„Wenn ich mich dran gewöhnen kann."

„Ich glaube, du kannst das." Er parkte den Truck ein paar Meter vom Steg entfernt, und sie stiegen aus. Er holte die Babytrage raus, und Landon lächelte, als er zu Dallas aufblickte. „Hey, süßes Kerlchen. Du wirst gleich einen See sehen. Einen, an dem du eines Tages angeln kannst."

Sie gingen zum Steg, und er legte seine freie Hand unter Lornas Ellenbogen, um sicherzustellen, dass sie nicht fiel, da der Boden nicht gerade eben war. Als sie zum Holzsteg kamen, gingen sie ihn hinunter. Die Bank war perfekt für zwei Personen, und er stellte das Baby so ab, dass es zu ihnen aufsehen konnte.

„Also, was denkst du?" Er beobachtete den verblüfften Ausdruck in ihrem Gesicht und lächelte.

„Es gefällt mir. Sogar sehr."

Er schmunzelte, weil es offensichtlich war. „Ich dachte mir, dass du das sagen würdest, deshalb sind wir heute hierhergekommen. Wir hätten in die andere Richtung fahren können, und ich hätte dir die andere Seite der Ranch gezeigt, aber ich dachte mir, das hier könnte dein Lieblingsplatz werden."

„Du scheinst mich zu kennen." Sie lächelte ihn an.

Er konnte nicht anders und tätschelte ihre Hand, die auf ihrem Oberschenkel lag. „Du wirst diesen Ort genießen, wenn wir alles auf die Reihe gebracht haben und du dich daran gewöhnt hast. Und das Baby wird es lieben, hier aufzuwachsen. Es ist wirklich schön."

Lorna drehte ihre Hand unter seiner um und schob ihre Finger durch seine. Sie sah ihn mit emotionalen Augen an. „Ich fühle mich gerade sehr gesegnet."

„Und das solltest du. Das hier ist ein großartiger Ort. Und er wird für dich und dein Baby sorgen."

Sie drückte seine Hand. „Nein, ich fühle mich sehr gesegnet, weil du in mein Leben getreten bist. Und ich werde traurig sein, wenn du dich entscheidest zu gehen. Aber im Moment bin ich so glücklich!"

Er hob seine andere Hand, berührte ihre Wange und lächelte sie an. „Keine Sorge. Ich glaube nicht, dass wir uns ohne Grund begegnet sind. Unsere Situationen helfen einander zu sehr, also ziehe ich mich nicht zurück und laufe auch nicht so bald davon. Es sei denn, du schickst mich." Er konnte nicht widerstehen, mit den Fingern über ihr Kinn zu streichen, und wollte sie mit allem, was er hatte, küssen. Stattdessen jedoch zog er seine Hand weg, denn er wusste, dass er sich in Schwierigkeiten brachte.

Ihr Blick wurde weicher. „Du hast mich gerade sehr glücklich gemacht."

KAPITEL ELF

Alice führte das Paar, das gerade eingecheckt hatte, die Treppe hinauf und den Flur hinunter zu dem Zimmer namens Pelican Room. Sie öffnete die Tür und drehte sich um, um sie anzulächeln. „Ich hoffe, es gefällt Ihnen. Gehen wir rein, und wenn Sie irgendwelche Probleme haben, rufen Sie uns einfach an. Wenn ich selbst nicht da bin, wird auf jeden Fall unten jemand sein, der sich um Sie kümmern kann. Das Restaurant ist zum Frühstück, Mittag- und Abendessen geöffnet." Sie nannte ihnen die Zeiten. „Sie sind auch dort auf dem Schreibtisch in der Ecke aufgeführt."

„Danke! Es ist einfach wunderschön! Wir freuen uns wirklich auf unsere Zeit hier", sagte die Frau, und ihr Mann stimmte zu.

„Sie sind herzlich willkommen. Und danke, dass Sie sich für das Star Gazer Inn entschieden haben." Alice ging die Treppe hinunter. Sie liebte, was sie tat. Sie hatten seit einer Woche geöffnet, und alles war gut gelaufen.

Es hatte ein paar kleine Knickstellen gegeben, aber nicht viel. Es war normal, dass einige Dinge in der Eröffnungswoche noch angepasst werden mussten. Besonders bei der Reinigung und Einrichtung der Räume. Nicht viel war schiefgelaufen, und es war leicht zu beheben gewesen. Als sie nach unten kam, ging sie den Flur entlang in die Küche. Die Helfer kochten, und sie fand Lisa an ihrem Schreibtisch im kleinen Büro, wo sie etwas begutachtete, das wie die Speisekarte aussah. Sie hatte sich noch nicht freigenommen.

„Hey, wie läuft dein Tag?", fragte Lisa.

Alice setzte sich ihr gegenüber. „Ziemlich gut. Ich hatte eine schöne Woche und wollte dir nur sagen, dass du hervorragende Arbeit geleistet hast."

Lisa lächelte sie an. „Danke! Ich habe es sehr genossen und denke einfach, dass dies eine großartige Gewinnsituation sein wird, die wir uns da ausgedacht haben. Ich bin froh, dass du mich gebeten hast, mich dir anzuschließen."

„Du bist ein Segen für mich. Ich wollte dich daran erinnern, dass ich am Samstag zu einer Kunstausstellung fahre. Bist du dir sicher, dass du nicht kommen möchtest?"

„Ich würde wirklich gern, aber ich bleibe lieber hier und sorge dafür, dass alles gut läuft. Ich verstehe vollkommen, dass du gehen musst. Also repräsentierst du einfach uns beide. Ich weiß, Nina wird es gut machen. Jackson wird bei ihr sein, und es wird toll werden. Sie ist so talentiert. Leute, die hierherkommen, kommentieren immer ihre Bilder."

„Das stimmt. Okay, wir haben einen Plan, und Seth wird mit mir fahren."

„Das sind wundervolle Neuigkeiten! Ihr habt euch nicht gerade oft gesehen, seit er nicht mehr hier arbeitet. Es wird gut werden."

„Ja, das wird es. Es habe es richtig genossen, das Inn zu eröffnen und alles, was damit zu tun hatte, aber ich vermisse es auch, ihn jeden Tag zu sehen. Es braucht ein wenig, mich daran zu gewöhnen. Er hat mir geschrieben und mich angerufen, aber nicht allzu oft. Er möchte nicht meine ganze Zeit für sich beanspruchen und mir die Eröffnung vermasseln. Aber ich vermisse ihn und merke, dass er dasselbe für mich empfindet."

„Und wie geht es dir bei dem Gedanken?"

„Ich werde mir immer mehr bewusst, dass sich meine Emotionen weit öffnen."

Lisa sah ermutigend aus mit ihrem sanften Lächeln. „Ich finde das wundervoll. Und ich werde es nicht dauernd ansprechen, aber ich weiß einfach, dass dein süßer William sich für dich gefreut hätte. Und deine Kinder werden es auch. Sie sind sehr ermutigend für dich."

„Ja. Also, wie auch immer, wir haben hier unseren Traum eröffnet, und es läuft jeden Abend toll. Ich bin erstaunt, dass das Restaurant voll ausgebucht war, und das nur deinetwegen – du bist unglaublich. Und auch das Bed & Breakfast war fast die ganze Woche ausgebucht, ich finde das wunderbar."

„Dem stimme ich zu."

„Gott war gut zu uns. Und ich werde mich nicht schuldig fühlen, wenn ich Samstag mit Seth die Kunstausstellung besuche. Ich freue mich wirklich darauf. Ich weiß, dass Nina eine tolle Ausstellung haben wird. Und du wirst dafür sorgen, dass hier alles gut ist."

Das Telefon vorn begann zu klingeln. „Oops, ich gehe wohl besser mal ans Telefon – heute ist mein Morgen. Wir sprechen uns später."

„Danke für den Besuch!" Lisa lächelte und zwinkerte ihr zu. „Es wird immer besser werden. Und ihr werdet morgen einen wundervollen Abend haben."

„Dem stimme ich voll und ganz zu." Alice eilte den Flur entlang. Sie konnte den morgigen Tag nicht abwarten.

* * *

Lisa sah Alice hinterher und war so glücklich für sie. Dann machte sie sich wieder an die Arbeit, denn sie musste all ihre Pläne umsetzen. Die Leute reagierten so positiv auf ihr Essen, dass sie sicherstellen wollte, dass es so weiterging. Das Restaurant war bis jetzt jeden Abend voll gewesen und auch mittags. Beim Frühstück war weniger los, was ihr eine kleine Verschnaufpause gab, aber es war dennoch was zu tun.

Sie hatten nun seit einer Woche geöffnet, und sie war überarbeitet, das wusste sie, aber sie würde es hinbekommen. Sie würde ihre Bestellungen besser organisieren und nicht so viel Zeit damit verbringen, Anrufe zu tätigen.

Einer ihrer Assistenten sah durch die Tür. „Wir haben eine Omelettbestellung.“

„Danke, bin gleich da.“ Sie kochte und backte die Hauptgerichte, daher war die Zeit in ihrem Büro begrenzt. Sie wusste, dass sie wahrscheinlich mehr Hilfe anheuern müsste, hieß, einen weiteren Koch. Und sie hoffte, dass, wenn die Zeit käme, sie genau den Richtigen fände.

Kurz darauf bereitete sie das Omelett zu, aus dem Gemüse, das Zora zuvor für die Morgenbestellungen gehackt hatte. „Das mit dem Gemüse hast du sehr gut gemacht.“

Die jüngere Frau mit den kurzen Haaren lächelte. „Danke! Ich habe die Woche sehr genossen und möchte dich zufrieden stellen.“

„Du machst es wirklich großartig.“ Sie goss die Mischung aus der Rührschüssel in die kleine Pfanne, dann sah sie sich um. Sie hatte Zora und Lilly als Assistentinnen, und beide waren gut. Und dann waren da noch die anderen Küchenhelfer, die Geschirrspüler und Kellner. Es sah so aus, als ob alle aus dieser Schicht gerade im Raum waren. „Alle zusammen, ich möchte diesen Moment nutzen, um euch zu sagen, dass ihr großartige Arbeit leistet. Die Gäste sind alle zufrieden, und das ist wunderbar. Wie auch immer, macht weiter mit der guten Arbeit und danke euch.“

Alle riefen ihr ein Dankeschön zu, als sie das

Omelett wendete und lächelte. Sie lebte ihren Traum.

* * *

Nina war ein wenig durch den Wind, als sie im Atelier stand und die Menschen beobachtete, die sich ihre Arbeit ansahen. Sie war froh, ihre Arbeit wieder zeigen zu können, nachdem sie sich vor dem Verrückten hatte verstecken müssen, der ihr Leben auf den Kopf gestellt hatte. Doch in dieser Phase des Versteckens hatte sie ihren Liebsten Jackson getroffen. Jetzt wurde das Leben wieder normal, und sie versuchten, eine Hochzeit zu planen, langsam, aber sicher.

Jackson kam zu ihr und reichte ihr ein Getränk, als ein Paar zu ihr trat und anfing, mit ihr über ihre Gemälde zu sprechen. Er grüßte sie, trat dann aber zurück und ließ sie mit ihnen reden. Ein paar Minuten später beugte er sich vor und flüsterte: „Entschuldige, ich werde mit Seth und meiner Mom reden."

Sie lächelte ihn an. „Okay", sagte sie und wandte sich dann wieder der Frau und dem Mann und dem Gespräch über die verschiedenen Gemälde zu. Sie wollten die Geschichte hinter den Gemälden hören, da sie offensichtlich versuchten, sich zu entscheiden, welches sie wollten. Es war ein wunderbares Gespräch, da sie gern darüber erzählte, warum sie bestimmte Bilder gemalt hatte. Es dauerte nicht lange, bis sie erkannten, dass sie das Gemälde eines Mannes auf dem Hügel mit Blick über den Guadalupe River wollten.

Glücklich über ihre Entscheidung dankte sie ihnen, entschuldigte sich dann und nahm an der Unterhaltung ihrer Familie teil – oder zukünftigen Familie.

Alice warf ihre Arme um Nina und drückte sie ganz fest. „Das hier ist schön! Ich meine, ich sehe mir deine Bilder gern an, aber durch einen Raum voller Bilder zu gehen, ist erstaunlich. Und sieh dir all diese Leute an, die ebenfalls Freude an deiner Arbeit haben. Du wirst das großartig machen. Wirklich gut."

„Dem stimme ich zu." Seth schmunzelte breit und umarmte sie. „Ich würde alle kaufen, aber ich hätte keinen Platz für sie."

Jackson legte einen Arm um ihre Schulter. „Ich werde eine sehr talentierte Frau heiraten."

„Ich danke euch allen so sehr. Und es ist wirklich schön, dich hier zu sehen", sagte sie zu Alice. „Das Restaurant und das B&B laufen super. Ich bin diese Woche nicht oft hergekommen, weil ich damit beschäftigt war, das hier vorzubereiten, aber, mein Gott, jedes Mal, wenn ich zur Tür hinausgehe, ist da jemand Neues. Und am Strand hinter unseren Häusern sind mehr Menschen als in den drei Jahren, die ich hier bin."

Alice lachte leise. „Ich bin auch sehr glücklich, aber ich habe das B&B gern verlassen, um die Gelegenheit zu haben, heute Abend deine Kunstausstellung zu sehen. Und ich soll dich von Lisa grüßen und dir ihre Glückwünsche ausrichten, aber sie ist dageblieben, um alles zu überwachen. Sie ist sehr entschlossen."

Nina stimmte ihr zu. „Nach dem, was sie

durchgemacht hat, ist es ihr äußerst wichtig, dass es ein Erfolg wird. Ich meine, es war auch für dich extrem wichtig, aber du weißt, es ist eine etwas andere Situation. Es wird einfach erfolgreich sein, und wir brauchten das. Unser kleines Ende des Strandes war etwas einsam, ohne dass das Inn geöffnet war."

„Das stimmt", sagte Alice. „Da sehe ich Leute kommen, um mit dir zu reden, also werden ich und meine gutaussehende Begleitung ein wenig herumlaufen, die Bilder genießen und dich mit deinen Bewunderern reden lassen."

Nina schmunzelte. „Okay, aber wir treffen uns später, oder zumindest hoffe ich das. Wenn nicht: Es ist großartig, dass ihr alle hier seid."

Sie beobachtete, wie sie sich umdrehten und sah Alices Hand in Seths Armbeuge. Sie sah Jackson an. „Ich frage mich, wie lange es dauern wird, bis sie, du weißt schon, eine Verbindung aufbauen. Vielleicht heiraten."

Er lächelte. „Nun, ich denke auch, sie haben schon eine Verbindung. Ich hätte nie gedacht, dass ich meine Mom mit jemand anderem als meinem Dad sehen könnte, aber ich habe mich daran gewöhnt, dass sie zusammen sind. Ich sehe, dass es Mom hilft, und ich schätze, Gott hat es so eingerichtet, dass man jemanden mit ganzem Herzen lieben kann, und dann, wenn derjenige nicht mehr da ist, es auf wundersame Weise wieder passieren kann."

Sie nahm seinen Arm und zog ihn an sich. „Ja, es

ist irgendwie ein Wunder, denke ich.“

* * *

Am Ende der Woche hatte Dallas ein paar Ranch-Helfer angeheuert, die ein paar Mal pro Woche arbeiteten. Er ließ sie dabei helfen, das Vieh heute auf dieselbe Weide zu bringen. Er hatte sich die Grundstücksgrenzen auf dem Katasterplan angesehen. Er und Lorna hatten festgestellt, dass diese Ranch zehntausend Hektar groß war, was sicherlich nicht so gigantisch war wie die Ranch seiner Familie. Das hier war eine Größe, die in Zentral-Texas als eine wirklich gute Ranchgröße angesehen werden würde, und so seltsam es klang, er zog sie tatsächlich der gigantischen Ranch vor, die seine Familie besaß, mit ihren fast hunderttausend Hektar Land. Sie hatten sich um tonnenweise Land kümmern müssen, als nur er und seine Brüder dort aufgewachsen waren. Und es war harte Arbeit gewesen, damit größtenteils allein fertig zu werden. Aber als sie erwachsen und aus der Highschool raus waren und aufs College gingen, waren sie auf Öl gestoßen – viel Öl.

Das Leben hatte sich verändert, und da hatte er sich entschieden, Vollzeit seinen Traum vom Rodeo zu verfolgen. Und nachdem er all die Jahre damit zugebracht hatte, so hart zu arbeiten und so gesund wie er war, war es hart gewesen, als er von diesem Bullen geworfen wurde, getreten, herumgerollt und wieder getreten worden war. Sein ganzer Körper war verletzt gewesen, aber seine Schulter am meisten. Alles hatte sich erholt, aber seine Schulter war nie vollständig geheilt. Seine Ärzte hatten ihn gewarnt, dass sie sicherlich nicht ganz heilen würde und es nur noch schlimmer werden könnte, wenn er das Bullenreiten mit all der Belastung fortsetzte.

Er sah die Resultate des Hierseins, und weil er seine Schulter pflegte und sehr vorsichtig damit war. Und auch wenn er jetzt Dinge damit machen konnte, die er am Anfang nicht hatte tun können – er war nicht in ganz so schlechter Verfassung –, aber würde er je wieder vollständig gesund werden?

Als sie das Vieh auf die Weide brachten, dachte er immer wieder an seine Zukunft und was er von ihr wollte. So verrückt es klang, er hatte sich sofort zu Lorna hingezogen gefühlt, und das hatte nicht aufgehört. Zuerst hatte er befürchtet, dass es nur eine Verliebtheit war. Oder war es sein Bedürfnis, Leuten zu helfen? Er versuchte sich selbst zu sagen, dass er nicht nur in ihre Schönheit verliebt oder von ihrer Geschichte fasziniert war. Er hatte versucht, sich einzureden, dass er der Sache Zeit geben musste. Aber er war jetzt seit fünf Wochen hier, und sie bereiteten sich auf diese Auktion am Wochenende vor. Er wusste, dass er hierher gehört, und wenn Lorna Gefühle für ihn hatte, wollte er es nicht zu früh ansprechen. Also arbeitete er und gab sich größte Mühe, kein Idiot zu sein. Sie nicht zu vergraulen. In seinem Kopf sah er, dass sie Gefühle für ihn hatte. Aber dann war da noch der andere Teil, der dachte, dass sie ihm vielleicht nur dankbar war. Das war der besorgniserregende Teil, der ihn fürchten ließ, es wäre ein großer Fehler, etwas zu früh zu fragen oder zu beginnen.

Also ritt er hinaus auf die Weide zu den Rindern, und er und die Jungs gingen durch und trennten die, die im richtigen Alter waren, um verkauft zu werden, von denen, die es nicht ganz waren und noch etwas länger brauchten. Und er zwang sich, seine Gedanken wieder zur Arbeit zurückkehren zu lassen und nicht zu der Frau, die er liebte.

KAPITEL ZWÖLF

Am Ende der dritten Geschäftswoche wusste Lisa, dass sie einen weiteren Koch brauchte. Sie hatten sehr viel zu tun gehabt, und obwohl sie nicht jede Stunde arbeitete, arbeitete sie doch die meisten von ihnen. Sie ging nach dem Frühstück, wenn sie konnte, und am Nachmittag nahm sie sich ein paar Stunden vor vier, weil sie um sechs aufmachten und sie alles vorbereiten musste. Sie waren sich einig gewesen, dass, wenn sie ganztägig geöffnet hatten, das zumindest anfangs die Sache forcieren würde, also gaben sie sich mit dieser eingeschränkten freien Zeit zufrieden. Glücklicherweise hatte sie sich zumindest ein wenig ausruhen können.

Aber jetzt wusste sie, dass sieben Tage die Woche zu viel für sie waren, mit all den Stunden. Es war ärgerlich, aber es war die Wahrheit. Sie liebte es, hier zu sein, aber ihr Körper tat es nicht, also hatte sie letzte Woche ein paar Stellenanzeigen aufgegeben. Sie hatte bereits gestern ein Treffen mit einer jungen Frau gehabt, von der sie nicht sehr beeindruckt gewesen war, also hoffte sie, dass sie mehr Glück mit den anderen hätte, die sich bisher beworben hatten. Sie hoffte, eine Frau einstellen zu können und sich nicht mit einem Mann auseinandersetzen zu müssen. Allerdings hatte sich auch ein ziemlich bekannter Koch beworben, und sie war überrascht und fasziniert gewesen, seinen Namen zu sehen. Sie würde heute mit ihm sprechen.

Sie war in ihrem kleinen Bürobereich, als Libby, die Angestellte an der Rezeption, Zane Tyson in den Raum führte. Libby lächelte sie an, hob eine Augenbraue, die nur Lisa sehen konnte, und ging dann. Sie wusste, warum Libby so lächelte: Weil Zane ein unbestreitbar gutaussehender Mann war, muskulös und sehr gut gebaut.

„Hallo." Er lächelte, und ihr Magen machte verrückte Dinge.

„Hallo." Sie zwang ihre Stimme, professionell zu klingen. „Kommen Sie rein, und setzen Sie sich. Schön, Sie kennenzulernen, Mr. Tyson."

„Bitte, nennen Sie mich doch Zane." Er setzte sich, legte die Ellbogen auf die Armlehnen und musterte sie. „Sie haben hier ein tolles Lokal, soweit ich das sehen konnte. Und ich habe gehört, dass es gut läuft. Die Kommentare, die ich in der Zeitung gelesen habe, waren fantastisch. Außerdem habe ich mit vielen Leuten gesprochen, die hier gegessen haben und sagen, dass Ihre Küche großartig ist."

Überwältigt von seinen Worten, musste sie unwillkürlich lächeln. „Freut mich, das zu hören. Ich habe auch hart daran gearbeitet, den Menschen ein köstliches Erlebnis zu bieten."

„Nun, sieht so aus, als hätten Sie das. Und als ich dann Ihre Anzeige sah, war ich fasziniert."

„Wo arbeiten Sie im Moment?"

„Ich arbeite im Grandberry's." Er lächelte. „Es war ein großartiger Arbeitsplatz, aber mittlerweile langweile ich mich dort. Sie lassen mich das Menü nicht ändern, und ich habe Hilfe, wenn ich also ginge, würde es ihnen nicht schaden, da sie ihre Speisekarte ohnehin nicht ändern. Und um ehrlich zu sein, ich habe mir Ihre Speisekarte angesehen und war begeistert davon. Und ich muss es nicht sagen, aber Ihre Ansicht hier ist auch bemerkenswert. Ich weiß nicht ... es sieht einfach aus wie ein wirklich cooler Arbeitsplatz. Als ich die Speisekarte las, dachte ich einfach, es wäre eine neue Erfahrung für mich, und es würde mir gefallen. Ich könnte eine große Hilfe für Sie sein, und wäre es. Ich bin, nun, wissen Sie ... Sie würden das Gleiche sagen ... ich denke, ich bin sehr gut in dem, was ich tue."

Ja, das war er. Sie hatte seinen Namen gleich, als sie ihn sah, erkannt, und sie kannte auch seinen Ruf. Das Einzige, was sie störte, war, dass er ein Mann war und sie, nach dem, was sie mit ihrem Ex durchgemacht hatte, war sich einfach nicht sicher, dass sie mit einem Mann arbeiten wollte. Ihre anderen Helfer waren alle Frauen. Sie war sich einfach nicht sicher. Aber er sprach sie schon an. Nicht die männliche Seite, sagte sie sich selbst, sondern die kochende, die Seite, die ihr ehrlich gesagt hatte, was er mochte. Er wollte etwas anderes und sie hatte einfach so ein Gefühl.

Er neigte den Kopf zur Seite und musterte sie mit seinen dunkelblauen Augen. „Haben Sie eine Präferenz, wollen Sie eher einen Mann oder eine Frau einstellen?"

Sie seufzte. „Um ehrlich zu sein, und ich nehme an, ich sollte ehrlich sein, war ich eher geneigt, eine Frau einzustellen. Ich habe, wie Sie wahrscheinlich wissen, eine sehr harte und ungewöhnliche Scheidung hinter mir. Und ich bin nicht vollkommen in der Stimmung, einem Mann zu vertrauen. Ich weiß, dass das nicht fair ist, aber das ist genau das, womit ich gerade kämpfe. Ich weiß auch, dass es falsch ist."

„Ich habe andere das durchmachen sehen, und ich verstehe. Aber ich kann Ihnen versichern, dass ich keine abscheuliche Person bin. Ich habe nicht vor, Ihnen wehzutun oder Ihnen Probleme zu bereiten. Ich suche nur einen Job, der fantastisch klingt, mit einem extrem talentierten Koch an einem interessanten Ort. Dieser Job hat alles."

Sie atmete tief durch und nickte. „Ich habe mir Ihre Papiere angesehen, Ihren Lebenslauf, und ich habe tatsächlich, es ist schon eine Weile her, aber ich habe Ihr Essen mit einem Freund dort gegessen, in dem Restaurant, das Sie geführt haben. Es war sehr beeindruckend. Jedenfalls werde ich heute noch keine Entscheidung treffen. Ich habe diese Woche noch ein paar weitere Bewerber, aber ich werde Sie bald anrufen, um Sie so oder so zu informieren."

Er nickte und stand dann auf. „In Ordnung, dann danke. Sie sollen nur wissen – nun, Sie wissen es wahrscheinlich bereits, da ich einen ziemlich guten Ruf von dem Restaurant habe, in dem ich tätig bin –, dass ich hart arbeite und alles mache, was Sie brauchen. Und ich bin nicht schrecklich, wenn es darum geht, ein Boss für die Leute zu sein, die für mich arbeiten. Ja, ich erwarte von ihnen, dass sie ihr Bestes geben, aber ich kann auch verständnisvoll sein, wenn sie sich wirklich bemühen. Aber wenn sie faul sind, kann ich das nicht ertragen."

Sie stand auf und lächelte. „Da sind wir uns einig. Vielen Dank für Ihr Kommen, und ich werde Ende der Woche mit Ihnen sprechen."

Er drehte sich um und verließ den Raum, und sie setzte sich wieder. *Wow, er konnte nicht einfach kochen; er war auch sehr engagiert und hatte einen sehr guten Ruf, der für ihn sprach. Konnte sie damit umgehen, einen Mann einzustellen?*

Sie hatte weitere Bilder von ihrem Ex-Mann erhalten und nun endlich ihre Anwältin angerufen. Jetzt durfte sie sich mit ihm rumschlagen. Glücklicherweise hatte sie in den letzten drei Tagen nichts von ihm bekommen, aber sie war nicht sicher, dass das so bleiben würde, es sei denn, sie zöge es tatsächlich durch und zeigte ihn an oder was auch immer ihre Anwältin vorschlug. Andererseits wusste sie, dass sie ihr Leben zurückbekommen musste, und sie konnte nicht zulassen, dass ihre Erfahrung mit ihrem Ex einen Einfluss darauf hatte, ob sie den richtigen Koch auswählte oder nicht, um ihr Leben zurückzugewinnen.

Es sollte einfach so sein, dass sie die beste Person für den Job einstellte.

* * *

Es war eine schöne Woche gewesen. Alice war begeistert, als es schien, dass ihre Anzeigen funktionierten, weil ihre Telefone klingelten. Es waren nicht nur die Gästezimmer gefüllt, sondern auch das Restaurant. Es lief großartig.

Sie hatte gehofft, dass es eine gute Entscheidung war, Lisa einzustellen, da sehr viele Leute in dieser Gegend ihren Ruf fürs Kochen, Backen und die Unterhaltung kannten. Weil sie mit diesem Idioten, einem bekannten Anwalt, verheiratet gewesen war, war sie über ihn an Veranstaltungen, Abendessen und Wohltätigkeitsorganisationen beteiligt gewesen. Lisa hatte gekocht und ihre Zeit und ihr Essen gespendet, und es war immer beliebt gewesen. Lisa war so talentiert.

Alice stand im Garten und blickte auf den vollen Sitzbereich im Freien. Sie ging die Stufen hinauf und winkte jemandem zu, dann ging sie in den inneren Speisesaal. Auch der war ziemlich voll. Es war unglaublich. Das Essen war unglaublich.

Alice wusste jedoch nach den vergangenen Wochen, dass Lisa noch einen Koch einstellen musste. Nicht nur einen Helfer, sondern einen professionellen

Chefkoch, damit sie auch ein wenig freihaben konnte. Alice wusste, dass sie schon Bewerbungsgespräche geführt hatte, also hoffte sie wirklich, dass etwas dabei herauskam. Sie ging in den Küchenbereich und sah ihre Freundin, die gerade mehrere Gerichte auf dem Grill zubereitete. Sie ging hinüber und sah nur erstaunt zu, wie Lisa arbeitete. Auf keinen Fall konnte Alice so kochen. Aber ihre Freundin, diese erstaunliche Frau, konnte es.

„Ich bin einfach immer wieder begeistert, wenn ich dir beim Kochen zusehen kann."

Lisa lächelte sie an und begann, das Essen auf die wartenden Teller zu legen. Eines war ein gegrilltes Hühnchen mit Zwiebeln, ein anderes ein Steak, wieder ein anderes sah aus wie ein Fajita-Hühnergericht. Nachdem sie die Hauptgerichte auf den Tellern hatte, nahm ihr Küchenhelfer sie und begann, die anderen Portionen der Mahlzeit hinzuzufügen.

Lisa lächelte sie an. „Komm, ich habe eine Minute, gehen wir in mein Büro. Lasst mich wissen, wenn ich zurückkommen soll, um etwas zu kochen", sagte sie zu ihren Leuten und führte Alice dann in den kleinen Bürobereich. Sie setzte sich an ihren Schreibtisch, und Alice nahm den Besucherstuhl. „Also, ich habe die ganze Woche Bewerbungsgespräche geführt. Und ich habe ein Problem, denke ich, und ich muss dich um deine Meinung bitten."

„Okay, sag es mir."

„Hast du schon mal von Tyson gehört? Er arbeitet

im Grandberry's, weißt du, und er ist sehr, sehr talentiert. Er war Anfang der Woche hier und hat sich beworben."

„Im Ernst? Der Mann ist umwerfend! Er bekommt nur die besten Bewertungen. Das Restaurant war die ganze Zeit voll. Obwohl es sich, soweit ich weiß, seit sehr langer Zeit nicht verändert hat."

„Dachte ich mir doch, dass du ihn kennst. Er war vor zwei Tagen hier. Ich hatte nicht vor, einen Mann einzustellen. Ich weiß einfach nicht, wie angenehm ich es fände, einen Mann für mich arbeiten zu lassen oder wenn er das Kommando hat, wenn ich nicht hier bin. Aber er ist ein toller Koch, und ich bekomme ihn nicht aus dem Kopf. Was meinst du? Von allen, die sich beworben haben, ist er der Beste. Ich bin tatsächlich überrascht, dass er sich beworben hat. Aber er sucht etwas Neues. Sie haben seit Jahren ihr Menü nicht verändert, und er hat, glaube ich, ein paar Köche, die für ihn arbeiten und ohne Probleme übernehmen könnten. Ich bin nur so hin- und hergerissen."

Alice konnte es in Lisas Gesicht sehen, aber sie konnte auch sehen, dass ihre Freundin sehr von der Idee angezogen war, jemanden einzustellen, der gut für sie und das Restaurant arbeitete. „Nun, ich habe noch nie wirklich Schlechtes über den Mann gehört. Ich weiß, dass er manchmal Fernsehsendungen macht und viel Zeit spendet. Er scheint ein sehr netter Typ zu sein. Und ich denke, ihr beide würdet gut zusammenarbeiten. Ich weiß, dass du schreckliche Dinge durchgemacht hast, aber nicht jeder ist wie dieser Idiot, mit dem du verheiratet warst, und verdient es, so beurteilt zu werden. Ich denke, du solltest ihm eine Chance geben. Nach dem, was ich von ihm gesehen habe, scheint er wirklich nett zu sein."

Ihre Freundin senkte den Blick, rieb sich die Stirn und blickte dann wieder auf. „Das denke ich auch. Ich darf nicht zulassen, dass meine Vergangenheit meine Zukunft beeinflusst. Und ich glaube, er würde sich hier wirklich gut machen. Er bewundert das Inn, und die Lage am Strand hat ihn wirklich angesprochen. Und obwohl ich ihn vorher noch nicht getroffen habe, schien es wirklich so, als würde er neue Dinge mögen. Ich denke, ich werde ihn morgen nach dem Frühstück anrufen."

„Das ist eine wunderbare und großartige Idee! Ich glaube, ihr beide würdet gut zusammenarbeiten. Ich meine, na ja, ich kenne ihn nicht persönlich, aber er scheint – wenn man ihn im Fernsehen sieht oder hört, wie Leute über ihn reden – ein netter Mensch zu sein. Und du brauchst einen netten Menschen."

Lisa nickte nur, als jemand aus der Küche ihren Namen rief. „In Ordnung, dann haben wir einen Plan. Ich schätze, ich muss da reingehen und sofort etwas kochen, und dann morgen erledige ich die Einstellung."

Alice stand auf, ging zu ihr und umarmte sie. „Jetzt wissen wir, dass du wirklich gute Hilfe haben wirst. Ich sage dir, Mädchen, dieses Restaurant mit dir dahinter wird neue Rekorde aufstellen."

„Vergiss nicht, dass du und das Inn das Gleiche tun werdet."

Sie lächelten einander an und verließen dann überglücklich das Büro.

KAPITEL DREIZEHN

Lorna verließ das Haus. Das Baby schlief tief und fest, und sie wollte zusehen, wie sie die Kühe und Kälber verluden. Sie wollte Dallas sehen. Er arbeitete jetzt, nach all den Wochen, mehr auf der Ranch, als dass er im Haus war und sich um sie und Landon kümmerte. Das war zu erwarten gewesen. Er sah hin und wieder nach ihnen, aber er war mit dem Vieh beschäftigt. Er kochte immer noch auf dem Grill für sie, aber in letzter Zeit ging er um neun ins Bett, weil er früh aufstand und wusste, dass sie jetzt allein in der Lage war, sich um Landon zu kümmern.

Aber sie vermisste ihn und wollte ihm für alles danken, was er für sie getan hatte, also kochte sie heute Abend für ihn ein Essen. Und freute sich darauf.

Er kam von der Nachmittagsauktion, und sie wollte ihm eine tolle Mahlzeit zubereiten. Sie wusste, dass er diese Woche sehr hart daran gearbeitet hatte, diese Rinder für den Verkauf vorzubereiten, und sie hoffte wirklich, dass er glücklich mit den Ergebnissen nach

Hause kam. Er sollte wissen, dass sie ihm so oder so dankbar war. Sie ging an der Scheune vorbei und zum großen Viehzaun. Am Tor standen zwei Viehtransporter. Dallas und die beiden Cowboys, die er angeheuert hatte, waren damit beschäftigt, die Kälber durch ein Tor in den Anhänger zu führen.

Dallas sah sie, fing sofort an zu lächeln und kam zum Zaun.

„Ich musste einfach herkommen, bevor du weg bist. Das sind aber viele Kälber."

Er lächelte, legte seinen Ellenbogen nahe an ihren auf den Zaun und sah sie genau an. „Sind es, sprich einfach ein Gebet, ich denke, es wird wirklich gut laufen."

„Na ja, vielleicht. Und wenn, habe ich das vor allem dir zu verdanken. Denn wenn du nicht hier wärst, würde es überhaupt nicht passieren."

Er lachte. „Ich glaube, Gott hat auf unser beider Situationen reagiert, als er uns zusammenbrachte. Wie auch immer, sieh zu – wir werden sie verladen, und dann setze ich zurück. Ich sollte spätestens um sieben Uhr wieder hier sein."

Sie lächelte ihn an und wollte – oh, wollte es so sehr – ihre Arme um ihn legen. „Nun, dann wird das Abendessen gegen sieben Uhr fertig sein."

„Bist du sicher, dass du das tun möchtest? Ich könnte uns heute Abend was holen, wenn du keine Lust hast zu kochen."

„Ich bin mir absolut sicher. Meine Energie ist wieder da, und ich möchte wiedergutmachen, was du tust.“

„Okay, aber es gibt nichts wiedergutzumachen – es ist mir eine Freude.“

„Dann werde ich dafür sorgen, dass ich dir mit dem Essen eine wirkliche Freude mache. Ich koche bestimmte Dinge ziemlich gut, also werden wir sehen.“

Er legte seine Hand auf ihren Arm. „Nun gut, dann werde ich mich jetzt mal an die Arbeit machen. Und ich freue mich darauf, dich zu sehen, wenn ich nach Hause komme.“

„Viel Erfolg! Und bis nachher!“

Er drückte ihren Arm, ging dann zurück und trieb das letzte Vieh über das nächste Stück.

Als sie in die Trucks kletterten und losfuhren, winkte sie. Um ehrlich zu sein, es war ihr egal, ob das Vieh beim Verkauf gut abschnitt oder nicht. Sie freute sich auf Dallas' Rückkehr. Sie freute sich darauf, den Abend mit ihm zu verbringen.

* * *

Dallas fuhr vom Viehverkauf nach Hause. Er hatte die beiden angeheuerten Kräfte je einen Viehtransporter fahren lassen, und er fuhr seinen Truck. Wenn Lorna ihn gebraucht hätte, hätte er schnell zu ihr kommen müssen. Er war nicht gebraucht worden, aber er wollte nach Hause und sie sehen. Da bemerkte er, dass er mit „nach Hause“ ihr Haus gemeint hatte, als wäre es sein Zuhause. Er hatte einen Punkt erreicht, an dem er dachte, zu Hause wäre, wo sie war. Er war in so großen Schwierigkeiten – er ließ zu, dass sein Herz ihm entglitt.

Er versuchte, die Herzgedanken aus seinem Gehirn zu verbannen, und konzentrierte sich darauf, ihr Freund zu sein. Er war froh, einen guten Scheck für ihren Verkauf eingebracht zu haben. Und er konnte es nicht abwarten, ihn ihr zu geben.

Andererseits musste er vorsichtig sein, denn sie kochte für ihn das Abendessen, und er hatte in ihrem Gesichtsausdruck gesehen, dass sie auch Gefühle für ihn hatte.

Er bog in die Einfahrt, stellte den Truck neben die Garage und sprang hinaus. Er ging zur Seite und öffnete die Tür zur Küche. „Hallo. Ist es in Ordnung, wenn ich reinkomme?" Er sah sie beim Herd stehen, als sie lächelnd zu ihm herumwirbelte. Sein Herz machte Aerobic. Er steckte in Schwierigkeiten, und er wusste es. Er sagte sich, er solle sich beruhigen, als er eintrat.

„Du bist wieder da!" Sie eilte zu ihm und warf die Arme um ihn. „Ich freue mich, dich zu sehen!" Dann zog sie sich plötzlich zurück, als wäre ihr gerade klargeworden, was sie getan hatte. „Und? Zufrieden?"

Er hatte sie umarmt, musste aber den Wunsch abwehren, sie für immer festzuhalten. „Ich bin zufrieden. Das hier ist für dich." Er zog den Scheck aus der Tasche und reichte ihn ihr.

Lorna öffnete ihn, und ihr Gesicht sah überrascht aus. Sie sah ihn mit großen Augen an. „Warum so viel?"

„Weil diese Rinder von sehr gutem Vieh stammen,

und die Leute hier wollen sie."

„Wow! Vielen Dank dafür. Ich bin schockiert." Sie legte den Scheck ans Ende der Arbeitsfläche und kam dann zurück. Sie nahm den Löffel, den sie benutzt hatte, und rührte etwas um, das aussah wie Hackfleisch und geschnittene Paprika, die er im Supermarkt gekauft hatte, zusammen mit Zwiebeln.

Er lehnte sich gegen die Ecke der Arbeitsfläche. „Das sieht köstlich aus."

Sie lächelte ihn an. „Ist nicht so schwer zu machen, aber es schmeckt wirklich gut. Ehrlich gesagt habe ich das lange nicht gemacht. Meine Mutter hat das gern zubereitet und es mir beigebracht. Also dachte ich, ich mache uns das für heute Abend."

„Von mir aus sehr gern." Da fiel ihm ein, dass er sich die Hände nicht gewaschen hatte, nachdem er reingekommen war, also drehte er sich um und ging zum Spülbecken. Er stellte das Wasser an und beschäftigte sich damit.

„Also war es eine große Auktion?"

„Ja, war es. Das hier ist ein großes Rinder- und Pferdegebiet, die Auktionen sind also ziemlich groß. Und offensichtlich, wie du gesehen hast, profitabel."

„Hab' ich gemerkt. Danke, dass du das für mich getan hast. Du bist sehr gut in dem, was du tust, und ich bin froh, dass du hier bist."

Er trocknete sich die Hände ab und ging dann zu ihr zurück. Sie war fertig mit Umrühren und lächelte ihn an. „Ist das Baby also bereit, rauszugehen?"

„Ja. Was bedeutet, dass ich es auch bin. Ich könnte also einkaufen gehen.“

„Ja, das könntest du, wenn du willst. Aber ich habe gefragt, weil ich weiß, dass du Moms Haus sehen wolltest, und ich weiß, sie wäre begeistert, wenn du sie besuchst und sie dir alles zeigen kann. Dann könnten wir im Star Gazer Inn zu Abend essen.“

Sie machte große Augen. „Das fände ich wunderbar! Das fände ich wirklich wunderbar! Ich wollte es sehen, seit sie mich besucht hat. Und ich wollte auch sie gern wiedersehen.“

„Also gut, sag mir, welcher Abend gut ist, und wir machen es. Da ich diese Rinder heute verstaut und verkauft habe, werden meine Nachmittage für eine Weile frei sein. Ich werde nicht lange arbeiten müssen, um Vieh einzutreiben oder so. Obwohl die Jungs für die nächsten paar Tage freihaben, und ich werde deinen Garten noch einmal mähen.“

„Morgen oder übermorgen ist gut für mich. Du weißt, dass ich keine Pläne habe.“

Er lachte leise. „Wie wäre es dann mit morgen? Wenn wir aufwachen und es ein schöner Tag ist. Wenn wir aus irgendeinem verrückten Grund aufwachen und es regnet, warten wir bis zu dem Tag, an dem es nicht regnet, weil du ja sicher deinen Garten genießen möchtest. Klingt das gut?“

„Das klingt in der Tat gut. Aber ich hoffe, dass es morgen schön ist – ich glaube, ich habe heute Morgen auf dem Wetterkanal gesehen, als ich ein bisschen ferngesehen hab', dass es die ganze Woche schön sein soll."

„Nun, das klingt perfekt. Was muss ich tun, damit du dich auf dieses fantastische Abendessen vorbereiten kannst, das wir gleich haben werden?"

„Nun, ich habe den Tisch schon gedeckt, und ich habe das Baby gerade gefüttert, und er schläft. Du kannst also den Handschuh dort nehmen und die Brötchen aus dem Ofen holen."

Sie trat zurück, als er den Ofenhandschuh nahm und ihn über seine Hand zog, dann öffnete er die Tür und zog ein paar schöne, wirklich schöne Brötchen heraus. Er setzte sie auf den Metalluntersetzer und schloss die Ofentür.

Sie lächelte breit. „Oh, sie sind toll geworden!"

„Sie sind wunderschön. Woher hast du die?"

„Hab' ich gemacht. Ich habe immer meine eigenen Brötchen gebacken."

Er beugte den Kopf zur Seite und sah sie an. „Wow, ich kann es kaum erwarten, die zu essen. Schön, dass du so viele gemacht hast."

„Nun, wenn du sie in die rote Schüssel mit den Servietten legst und sie ins Esszimmer bringst, hole ich das hier vom Herd. Dann müssen wir noch diesen Gemüseauflauf dort auf dem Tresen rüberbringen."

„Ich mach' das."

Sie arbeiteten zusammen, und bald stand das Essen auf dem Tisch. Es war ein Fleisch- und Gemüsegericht und ein wirklich schöner Maisauflauf. Und die fantastisch aussehenden Brötchen. Sie setzten sich hin, und er sprach ein Gebet, ein Dankeschön für das Essen und dafür, dass es ihr und Landon so gut ging. Und für den Verkauf der Tiere.

Sie aßen und redeten nicht nur über Dinge, die passiert waren, sondern auch über das, was sie mit der Ranch machen konnte.

Das Essen war köstlich, und als sie fertig waren, sagte er sich, er solle ihr danken und in sein Zimmer neben der Garage gehen, doch er tat es nicht. „Es ist so schön draußen – wollen wir uns noch eine Weile raussetzen und weiterreden?"

Begeisterung erfüllte ihr Gesicht. „Sehr gern."

Und so nahmen sie das Essen vom Tisch, legten Folie darauf, stellten es in den Kühlschrank, spülten dann schnell die Teller vor, stellten sie in den Geschirrspüler und gingen nach draußen. Es war ein großartiger Tag gewesen. Und er hoffte, dass er es nicht vermasselte. Er musste immer noch vorsichtig sein.

KAPITEL VIERZEHN

Es war eine schöne Nacht. Der Mond stand hoch und hell am Himmel und erleuchtete die Weiden. Lorna setzte sich in die Schaukel mit ihren gepolsterten Kissen und Platz für noch jemanden. Mutig klopfte sie auf das Kissen neben sich, sah Dallas an und lächelte. Zu ihrer Freude setzte er sich neben sie.

Sie versuchte, ihre Nerven zu beruhigen, die hüpften, und den Wunsch, seine Hand zu nehmen. Sich an ihn zu lehnen und seinen Arm um ihre Schultern zu spüren und ihn zu küssen. O Gott, sie konnte nicht anders und lehnte sich leicht gegen ihn. Seine Augen waren beunruhigt, und sie konnte sehen, wie sein Verstand gegen ihn, gegen ihre Anziehung arbeitete. Denn sie hatte keinen Zweifel daran, dass er sich zu ihr hingezogen fühlte. Aber es war klar, dass er keine Grenze überschreiten wollte.

„Ich genieße den heutigen Abend", sagte er.

Sie lächelte ihn an. „Ich auch. Ich habe mich

wirklich darauf gefreut, mit dir zusammen zu sein, nur du und ich hier draußen in diesem wunderschönen Mondschein. Dallas, ich bin ... ich weiß, ich sollte es nicht, aber ich will –"

Er beugte sich vor und küsste sie. Als hätte er darauf gewartet. Als ob er nicht länger widerstehen könnte. Sie konnte es nicht. Sein Kuss war so wundervoll, und seine Arme legten sich um sie herum und zogen sie an ihn, während er den Kuss vertiefte. Ihr Herz donnerte, und sie konnte spüren, wie seines dasselbe tat.

Er zog sich zurück und lehnte seine Stirn gegen ihre. Beide atmeten schwer.

„Ich war nicht in der Lage zu widerstehen", sagte er leise.

Sie zog ihren Kopf zurück und lächelte ihn an. „Und ich bin froh darüber. Ich wollte dich schon so lange küssen."

Er sah nachdenklich aus. „Und ich habe dasselbe für dich gefühlt. Aber ich weiß nicht, was wir deswegen unternehmen wollen. Ich arbeite für dich."

„Nein, das tust du nicht – du hilfst mir."

Sein Gesicht sah unsicher aus. „Schon, aber ich habe dennoch eine Verantwortung dir gegenüber, und wenn wir anfangen, unsere Emotionen zu mischen, was bedeutet das dann?"

Was meinte er? „Das würde nur bedeuten, dass wir Gefühle füreinander haben. Ich freue mich so, dass du mich geküsst hast! Und dass du mir gesagt hast, wie du empfindest. Aber ich sehe, dass du dir Sorgen machst, also können wir es langsam angehen. Du hilfst mir – ich verlange nicht, dass du mich küsst. Ich möchte es nur."

Er lächelte, während er ihre Wange berührte. „Das weiß ich. Also, wir werden es langsam angehen und es herausfinden, okay?"

Sie lehnte ihren Kopf an seinen. „Okay."

Und dann küsste sie ihn. Ihr ganzes Leben hatte gerade einen Schritt nach vorn gemacht.

* * *

Montag war ein wunderschöner Tag, und obwohl Dallas ein wenig unsicher war, was er tat, dass er seine Gefühle zeigte, war er vollkommen überglücklich, weil Lorna ihn am Abend zuvor geküsst hatte. Hoffentlich machte er keinen Fehler, indem er sie sehen ließ, wie er empfand.

Sie schien überglücklich darüber zu sein, als er den Truck am B&B seiner Mutter parkte. Er sah zu Lorna hinüber. Sie sah umwerfend aus. Sie hatte eine wirklich schöne Stoffhose und eine hübsche Bluse mit Blumen angezogen und ihm gesagt, dass sie das lange nicht getragen hatte, weil sie sich nicht schick gemacht hatte. Es sah aber toll an ihr aus, und er hatte es ihr schon vorhin gesagt, als sie in den Truck gestiegen war.

Jetzt lächelte sie, als sie zum B&B sah. „Es ist wunderschön!"

„Ja, ist es. Ich hoffe, wir haben einen wundervollen

Abend. Meine Mom und Lisa freuen sich sehr darauf, dich wiederzusehen."

„Und ich freue mich darauf, sie zu sehen. Und das Restaurant und das B&B. Es ist umwerfend, schon von hier aus. Ich kann mir gar nicht vorstellen, wie wundervoll es drinnen wohl aussieht."

„Es ist schön. Und sehr passend zum Strand."

Sie rieb ihre Hände aneinander. „Dann lass uns gehen."

Er lachte, kletterte hinaus und öffnete die Hintertür, um das Baby rauszuholen. Er wäre gern herumgegangen und hätte ihr geholfen, aber er hatte einen süßen Jungen, der auf ihn wartete. Landon starrte zu ihm auf, als er ihn losschnallte und dann seinen Sitz herauszog. „Hey, Kleiner, wir werden gleich einen schönen Abend haben." Er strich ihm über den Kopf, worauf er lächelte.

Lorna kam ihm vor dem Truck entgegen, und sie gingen zur Haustür und hinein. Seine Mom stand hinter dem Empfangstresen.

Ihr Gesicht erhellte sich sofort, und sie eilte um die Theke. „Dallas, du hast sie mitgebracht! O Lorna, es ist so schön, dich sehen!" Alice umarmte sie und zog sich dann zurück, hielt aber weiter Lornas Arme. „Du siehst umwerfend aus."

„Danke! Glaub mir, mein Gewichtsverlust hatte nichts mit mir zu tun. Das war ganz allein der süße kleine Junge da, der jeden Tag seine Mahlzeiten verlangt. Ich habe sogar ein bisschen mehr verloren, als ich muss, also versuche ich mehr zu essen und fange gerade an, meine Muskeln wieder aufzubauen.“

„Nun, du machst das wirklich großartig. Ich freue mich so, dass ihr alle gekommen seid!“ Sie ließ Lorna los und umarmte Dallas, war aber vorsichtig, da er den Babysitz mit seinem guten Arm hielt. Dann bückte sie sich und kitzelte das Baby am Kinn. „Du süßer Junge, ich bin so froh, dass du mich heute Abend besuchst.“ Sie sah ihn lächeln, und er machte vor Aufregung große Augen. „Er ist anbetungswürdig.“

„Danke! Das finde ich auch“, stimmte Lorna zu.

„Und ich auch“, sagte Dallas. „Kommen wir rechtzeitig?“

„Perfektes Timing. Wartet, ich hole meine Assistentin, damit sie meinen Platz einnimmt.“ Sie ging um die Ecke und kam dann lächelnd zurück, als eine junge Frau sich näherte, um ihren Platz an der Theke einzunehmen.

Sie lächelte sie an. „Haben Sie einen schönen Abend!“

Sie erwiderten beide, dass sie das vorhatten, und dann gingen sie mit seiner Mom den Flur hinunter. Anstatt direkt ins Restaurant zu gehen, führte sie sie die Treppe hinauf, um Lorna alles zu zeigen. „Nun, einige der Zimmer sind belegt, aber ich habe zwei, die frei sind, die werde ich dir zeigen.“

„Oh, das ist wundervoll! Hier ist alles so hübsch! Und die Gemälde an der Wand sind einfach wunderschön.“

Seine Mom erreichte eine Tür und schloss sie auf.

„Danke! Wir haben auch hart daran gearbeitet. Seth hat erstaunliche Arbeit geleistet. Er war hier, als du das Baby bekommen hast. Der große, ältere Mann."

„Oh, ich erinnere mich, ihn gesehen zu haben, als sie mich und Landon raustrugen. Er hat mir gratuliert."

„Ja, das hat er. Er ist sehr talentiert. Bitte sehr, sieh es dir an. Dieses Zimmer heißt Pelican, und die Dekoration ist, finde ich, wunderschön."

„Ach, du meine Güte! Ich wette, Leute, die das buchen, wollen nie wieder gehen." Lornas Ausdruck war erstaunt, als sie den Raum betrachtete.

Auch Dallas sah sich das Zimmer an. Es war wirklich schön. Die Wände waren blassblau und das Bett hatte eine hübsche cremefarbene Tagesdecke. Am Fenster waren bunte Vorhänge, und man hatte einen wunderschönen Blick auf den Strand, über den Garten und aufs Meer, genau wie die meisten Zimmer. Die Aussicht war fantastisch an diesem Abend: Die Sonne war noch am Himmel, hatte aber wahrscheinlich nur noch eine Stunde, bevor sie unterging.

Sie gingen weiter und sahen sich ein zweites Zimmer an. Es war genauso schön. Die Wände waren zart türkis, und die Vorhänge waren die gleichen wie im anderen Zimmer, da sie mehrfarbig waren und so zu beiden passten. Seine Mom hatte sich für diesen speziellen Vorhangstoff entschieden und dann jedes der Zimmer in einem der Töne gestrichen, sodass es etwas war, das die Zimmer verband.

Als sie wieder nach unten gingen, führte sie sie ins Wohnzimmer. Es war ein komfortabler, sehr am Thema

Strand orientierter Raum, mit einer einzigartigen, farbenfrohen Couch, die unter einem Gemälde an der Wand stand.

„Das ist ein wunderschönes Gemälde", sagte Lorna und konzentrierte sich auf das große Strandgemälde.

Er wusste, wer es gemalt hatte, und es war wirklich schön.

„Danke! Das hat Nina gemalt, Jacksons Verlobte. Du hast sie noch nicht kennengelernt, und wir werden etwas dagegen unternehmen müssen. Sie war sehr beschäftigt, weil sie wieder dazu übergegangen ist, ihre Kunst in Galerien auszustellen. Sie und mein Sohn Jackson versuchen, einen Termin zu finden, an dem sie heiraten können. Sie malt zwischen den Ausstellungen und kümmert sich um ihren Goldendoodle Buttercup – oh, er ist so süß! Jedenfalls ist ihr Leben gerade voll, aber du wirst sie kennenlernen, weil sie begeistert davon ist, dass du ein Baby bekommen hast und Dallas dich gerettet hat."

„Sie klingt sehr nett. Ich freue mich darauf, sie kennenzulernen. Ich bin wirklich überrascht, zu hören, dass jemand, den ich absolut nicht kenne, so an mich denkt."

Dallas lächelte. „Du wirst sie mögen, wenn du sie triffst. Ich wollte ohnehin erwähnen, dass wir jetzt, wo du allmählich mehr rauskommst, ein paar Dinge tun werden. Und eines der Dinge, von denen ich dachte, dass sie gut für dich wären, war, raus auf meine Familienranch zu fahren und sie dir zu zeigen. Und auch meine Brüder kennenzulernen. Wer weiß – Nina könnte sogar da draußen sein.“

„Das wäre großartig. Ich muss sagen, ich bin neugierig, wo du aufgewachsen bist, und das klingt einfach sehr interessant.“

Er begegnete den wirklich strahlenden Augen seiner Mom und sah das Lächeln, das ihr Gesicht überkam. Er sah wieder zu Lorna. „In Ordnung, das machen wir.“

„Gut, das klingt nach einem tollen Plan“, sagte seine Mutter. Es war offensichtlich, dass sie sich über seine und Lornas Pläne freute. „Gehen wir nach draußen, damit ihr die Gärten und den schönen Pavillon sehen könnt, den Seth für mich gebaut hat. Er ist für Hochzeiten und andere Feiern gedacht. Wir haben sogar schon Hochzeiten geplant. Ich war sehr überrascht, wie schnell wir Angebote, Anfragen und Buchungen erhalten haben.“

Ihm entging nicht die Andeutung in der Stimme seiner Mom. Und es machte ihn glücklich, zu erkennen, dass sie tatsächlich stark auf ihn zählte. Er hatte darüber nachgedacht, sie zu fragen, ob er es vermasselte, aber ihre Haltung gerade zeigte ganz deutlich ihre Hoffnung, dass er nicht schwanken würde. Er wollte nicht schwanken.

Nachdem sie sich den großen Gartenbereich angesehen hatten, führte seine Mutter sie zur hinteren Veranda, dann hinüber zum Essbereich im Freien und zu dem Tisch, der für sie reserviert war. Er war an der

Ecke des Essbereichs hier draußen und bot einen tollen Blick auf den Garten und den Strand.

„Bitte sehr, ihr zwei. Jetzt genießt ein wunderbares Essen. Ich habe euch gern rumgeführt, und jetzt gehe ich in die Küche und lasse Lisa wissen, dass ihr hier seid, damit sie herauskommen kann, wenn sie einen Moment Zeit hat, um Hallo zu sagen."

„Okay, ich möchte, dass Lorna sie kennenlernt. Aber du solltest dich uns doch anschließen." Dallas sah das Funkeln in ihren Augen.

„Ja, wir würden uns freuen, wenn du dich uns anschließt", sagte Lorna.

„Tut mir leid, ich muss arbeiten. Ich habe mir gerade genug Zeit genommen, um euch alles zu zeigen. Ruf mich an und dann kommst du mal raus, um mit mir zu Mittag zu essen. Heute Abend sollt du und Dallas euch amüsieren." Und mit einem breiten Lächeln drehte sie sich um und verließ sie.

Dallas sah Lorna an und war seiner Mom tatsächlich dankbar, dass sie ihnen diese Zeit gab. Er stellte die Babytrage in den Holzständer, der schon auf sie wartete. Dann zog er den Stuhl daneben für Lorna heraus. Und er setzte sich auf den Stuhl gegenüber. Es würde ein schöner Abend werden.

KAPITEL FÜNFZEHN

Am Tag, nachdem Dallas Lorna ins Restaurant gebracht hatte und Lisa zu ihnen gegangen war und festgestellt hatte, das sie Lorna mochte, hoffte sie, dass die beiden ein Paar werden würden. Jetzt stand sie in der Küche und sah zu, wie Zane eine ihrer Speisen zubereitete.

Er sah sie an, als er das Filet Mignon wendete und das Gewürz hinzufügte, das sie bevorzugte. „Was denkst du, habe ich es so gewürzt, wie es sein sollte, oder fehlt noch was?"

Sie musterte ihn. Er benahm sich wie ein Schüler. Er war ein unglaublich talentierter Koch, einer, von dem sie hätte lernen können. Genau wie er sich von ihr belehren ließ. „Sieht so aus, als wäre es vermutlich perfekt. Aber da alles in diesem speziellen Behälter dort ist und, wie ich dir schon sagte ... du einfach das Fleisch damit bedecken und es kochen lassen solltest, habe ich das Gefühl, dass dir nichts als Perfektion gelungen ist.

Ich bin mir sehr bewusst, wie talentiert du bist."

Er zuckte die Schultern. „Ich habe meine Talente, genau wie du, aber ich kann immer lernen, und hier geht es nur um deine Rezepte. Kein bisschen um mich. Ich bin einfach hier als dein Helfer."

Das war sie so oft gewesen, als sie gereist war und Kurse besucht hatte und Seite an Seite mit großartigen Köchen zusammengearbeitet hatte. Selbst während ihrer Ehe war sie gereist und hatte Unterricht genommen. „Ich verstehe." Sie schätzte seine Einstellung.

Er nahm das Filet vom Grill, legte es auf einen Teller und gab es ihr. Sie gingen zu dem Tisch am Ende des Raums, sie stellte den Teller darauf und dann schnitt sie das Fleisch in Stücke. Sie reichte ihm eine Gabel, zog eine Gabel aus der Serviette, die sie bereitgelegt hatte, und nahm einen Bissen. Es war köstlich. Es schmeckte furchtbar gut. Sie hatte gewusst, dass er talentiert war. Sie hatte ihm das Rezept gegeben und ihm gesagt, wie sie es machte, und dann hatte er es übernommen.

„Das ist perfekt."

Er nahm ebenfalls einen Bissen, kaute und schluckte dann. „Ich muss sagen, das ist es. Du hast da eine großartige Kombination geschaffen!"

Sie bemerkte, dass Komplimente von ihm sie begeisterten. Es war nicht so, als ob er nur jemand wäre, der hierhergekommen war, um ein tolles Essen von ihr zu bekommen; er war selbst ein hervorragender Koch, der hier war, um für sie zu arbeiten. Seine Version ihres

Filets zu essen, war überwältigend. Es gab eine Sache, an die sie glaubte – und zwar Anerkennung, wo Anerkennung angebracht war.

„Als ich dich eingestellt habe, hatte ich ein starkes Gefühl bei der Sache. Du bist sehr talentiert. Wahrscheinlich talentierter als ich —"

„Ich würde nicht sagen, dass es —"

„Ich weiß, dass es genau das ist, was man denkt, aber ich habe dich eingestellt, weil ich von allen, die zu einem Vorstellungsgespräch gekommen sind, deine Fähigkeiten einfach nicht aus dem Kopf bekommen konnte. Oder die Tatsache, dass du dein Restaurant aufgeben wolltest, um hierherzukommen. Und jetzt bin ich sehr, sehr froh, dass ich dich eingestellt habe, denn das hier ist unglaublich. Und ich kann nur hoffen, dass meins in etwa so schmeckt."

Er lachte leise. „Ja, wir hatten deins vorhin, und du weißt so gut wie ich, dass es besser war."

„Danke, aber ich bin mir da nicht sicher. Also, ich schätze, heute Abend arbeiten wir nebeneinander und machen dann von dort aus weiter. Gewöhnen uns aneinander, und ich werde mich daran gewöhnen, dass du die verschiedenen Gerichte zubereitest."

Er lächelte sie an. „Klingt großartig. Und ich muss dir noch einmal sagen, dass ich begeistert bin, hier zu sein. Ich suche eigentlich nach einem Zuhause auf Star Gazer Island, weil ich diese Gegend wirklich mag. Ich will nicht den ganzen Weg in die Stadt zurückfahren. Ich bin bereit für etwas Ruhigeres. Und ich will näher sein, damit es schneller ist, herzukommen. Wenn also irgendwas Verrücktes passiert und ich an dem Tag eigentlich nicht arbeiten muss, aber du mich brauchst, dann musst du nur anrufen."

Ihr Inneres reagierte auf seine Worte, und sie war erneut erstaunt über ihre Reaktion auf ihn. „Ich denke, das ist eine sehr gute Idee." Was die Arbeit anbelangte – aber diese kribbeligen Reaktionen mussten verschwinden. Sie fühlte sich nicht zu ihm hingezogen. Nein, sie bewunderte nur sein Talent.

* * *

„Okay, das ist meine Frage", sagte Nina, als sie und Alice und Buttercup am Strand entlang spazierten. Es war zwei Uhr nachmittags, und sie hatte Alice angerufen und gefragt, ob sie Zeit für einen kleinen Spaziergang mit ihr habe.

Alice war begeistert gewesen und bereit.

„Also, habe ich mir unsere Zeitpläne angesehen und die ganze Familie angerufen und wie sich herausstellte, hat jeder das Wochenende in vier Wochen frei. Also denke ich, wir werden an dem Wochenende heiraten. Ich kann hart arbeiten, um den Garten dekorieren zu lassen und die Einladungen zu verschicken, und wenn jemand kommen kann, kann er kommen. Wenn nicht, solange die Familie da ist, dann ist das für uns am wichtigsten. Die entscheidende Frage ist: Könntest du dir an dem Wochenende freinehmen – ich meine, zumindest am Samstagnachmittag?"

Alice warf ihre Arme um Nina und drückte sie ganz fest. „Ich würde jederzeit abhauen, um bei deiner und Jacksons Hochzeit zu sein. Ich denke, das wird ein tolles Wochenende, und ich kann dir so viel helfen, wie du es brauchst."

„Halleluja! Ich hatte gehofft, dass du kannst. Und ich hätte gern deine Hilfe beim Dekorieren, aber nur, wenn du in der Woche vor der Hochzeit auch wirklich Zeit hast."

„Das würde ich doch nicht verpassen wollen. Ich würde ja gern anbieten, dass das Restaurant für euch kocht, aber im Moment kann ich Lisa auf keinen Fall bitten, eine zusätzliche Mahlzeit für eine ganze Gesellschaft zu kochen. Wer übernimmt das? Ich weiß, dass ihr schon für alles jemanden im Auge habt."

Sie gingen am wunderschönen Strand entlang. „Ich habe eine wirklich gute Floristin in der Stadt angerufen, und sie ist mit ganzem Herzen dabei. Und Reba von Reba's Wedding Delights ist für das Essen und die Hochzeitstorte zuständig. Ihr Geschäft läuft großartig."

„Du bist toll. Ich bin beeindruckt und so aufgeregt."

„Ich bin auch so aufgeregt, dass ich es kaum glauben kann", sagte Nina. „Und dein Sohn wird es auch sein, wenn ich ihm das erzähle. Er wird so begeistert sein."

„Aber weißt du auch, dass er an dem Samstag freihat?"

Nina lachte. „Ja, hat er. Und glaub mir, er hat mir bereits gesagt, dass er alles stehen und liegen lässt, wenn ich ihn darum bitte, um mich heiraten zu können, aber ich will nicht, dass er etwas vernachlässigt. Ich will, dass er einfach kommt und sich amüsiert, und ich will, dass es für uns beide klappt. Egal, wenn ich gleich gehe, gehe ich zu ihm, erzähle es ihm, und wir werden feiern. Ich werde schnell ein paar Pläne ausarbeiten, und dann lasse ich es dich wissen. Ich habe alle in der Familie befragt, und sie sind alle ganz aufgeregt. Ich wusste ja, dass du ein neues Geschäft hast und die meisten Wochenenden arbeitest, aber du hast mir gerade den Tag versüßt. Hoffentlich schafft auch Seth es zu kommen. Ich habe ihn noch nicht gefragt, aber da ich weiß, dass er samstags nicht arbeitet, ist es mehr als wahrscheinlich, dass er kann."

„Ich frage ihn heute Abend. Tatsächlich habe ich ein Date mit ihm. Da ich die meisten Tage arbeite, nehme ich mir einen frei, und wir essen auswärts und verbringen Zeit miteinander."

„Nun, reden wir kurz über Seth. Ich finde ihn absolut umwerfend. Seid ihr nur befreundet oder tatsächlich in den Zweiermodus übergegangen? Ich meine, es sieht so aus, aber ich will keine vorschnellen Schlüsse ziehen."

Alice lachte leise. „Wir sind tatsächlich zu einem Paar geworden. Na ja, wir sind noch nicht weit. Ich hab' ihn erst ein paar Mal geküsst."

„Ich bin begeistert! Vielleicht könnt ihr heute Abend den Kussteil noch steigern!"

„Vielleicht. Weißt du, es war anfangs ein bisschen

seltsam, als Witwe ein Restaurant zu eröffnen und mich an ein Leben anzupassen, das so viel anders ist als das, das ich hatte, als William noch lebte. Aber ehrlich gesagt, ich gewöhne mich daran, und Seth hat mir geholfen. Ich meine, er hat das Gleiche durchgemacht, aber bei ihm ist es länger her, also hat er mich überhaupt nicht unter Druck gesetzt. Er ist ein großartiger Typ. Und ich bin so gesegnet, dass er in mein Leben gekommen ist."

„Ich auch. Und ich frage mich ... denkst du, du wirst ihn heiraten?"

Alice zitterte innerlich. „Vielleicht. Ich meine, ich würde gern, aber wir werden noch länger daten. Ich müsste mich erst einmal an die Vorstellung einer Wiederverheiratung gewöhnen, nicht nur, weil ich meine erste Liebe verloren habe, sondern weil ich mir einfach nicht vorstellen kann, das noch einmal durchzumachen."

„Ich verstehe, dass das schwer wäre. Aber nach dem, was ich sehe, wie ihr beide in diese Beziehung einsteigt, scheint alles natürlich zu passieren. Weißt du, was ich meine?"

„Ja, das tue ich. Wie auch immer, genug von mir. Ich denke, wir müssen zurück, damit du meinen Sohn finden und ihm diese gute Nachricht überbringen kannst. Ich kann es nicht abwarten, dass er es erfährt."

Nina lächelte. „Nun, ehrlich gesagt, kann ich nicht mehr zustimmen, also kehren wir um und gehen zurück. Du hast mir wirklich den Tag versüßt."

KAPITEL SECHZEHN

Seth hatte einen wunderbaren Abend. Er hatte Alice abgeholt, sie hatten eine kurze Bootsfahrt gemacht, und dann hatte er sie zu ihrer Überraschung per Boot zu seinem Haus gebracht. Er hatte das Essen heute Abend gekocht, und sie hatte sein Haus bislang noch nicht gesehen. Während das Boot über das Wasser dahinglitt, fiel ihr die Kinnlade herunter.

„Das ist dein Haus? Es ist so schön. Ich meine, wow!"

„Freut mich, dass es dir gefällt. Ich habe es gesehen, und es gefiel mir gleich." Er fuhr das Boot zum Dock und vertäute es. Kurz darauf gingen sie zur hinteren Terrasse, und er öffnete die Doppeltüren, die ins Haus führten. Er ließ sie in den Wohnbereich und die Küche gehen.

„Es ist nicht riesig, aber es ist nur für mich. Es ist sehr komfortabel, und es gibt Platz für eine Party, wenn ich eine schmeißen wollte. Zwei Schlafzimmer und dann dieser große Wohnraum und eine schöne Küche."

Sie drehte sich zu ihm um. „Mir gefällt auch deine Einrichtung. Und hier drin riecht es wunderbar."

„Nun, gut. Ich habe eine gefüllte Flunder gemacht."

„Ich kann es nicht abwarten."

„Das freut mich. Hoffentlich ist sie nicht völlig verkocht, weil ich sie so lange warmgehalten habe. Aber auf sehr niedriger Temperatur."

„Ich bin mir sicher, dass sie perfekt ist."

Innerhalb weniger Minuten hatten sie sich die Hände gewaschen und das Geschirr auf den Tisch auf der Terrasse gebracht. Er zündete die drei Kerzen an, und dann setzten sie sich, als die Sonne am Horizont sank. Er hatte eine einfache Mahlzeit mit dem Fisch zubereitet und dann Kartoffeln und Brötchen gebacken. Er kochte gern, übertrieb es dabei aber nicht.

Sie aßen und sprachen über das Geschäft und dann über die Hochzeit, die jetzt bevorstand. Er war sehr froh, dass er den Termin freihatte, weil er Alice so begleiten konnte. „Ich freue mich sehr für die beiden. Soweit ich weiß, hätte es bei seinem und ihrem Zeitplan auch eine Weile dauern können, also ist es eine tolle Sache, dass sie so schnell einen freien Termin gefunden haben."

„Ja, ist es. Ich bin mir nicht sicher, was passieren wird, wenn sie aus dem Haus nebenan auszieht. Ich weiß nicht, ob sie es vermieten oder verkaufen wird, aber ich werde einen neuen Nachbarn haben."

„Nun, daran habe ich auch gerade gedacht, aber hast du mal überlegt, es vielleicht selbst zu mieten oder zu kaufen, damit du nicht die ganze Zeit im Inn wohnst?"

„Oh nein, daran habe ich überhaupt nicht gedacht. Hmm, ich weiß nicht. Ähm, nein, das würde für mich nicht funktionieren ... ich muss in dem sein, was ich habe."

Das hörte er gern, weil er hoffte, sie würde eines Tages bei ihm einziehen. Die Tatsache, dass sie nicht daran gedacht hatte, Geld in ein Haus nur für sich zu investieren, freute ihn. Beruhigte ihn.

„Ich bin sicher, dass es funktionieren wird."

„Das bin ich auch."

„Erzähl mir von eurem neuen Koch im Inn."

„Ich glaube, er macht sich großartig. Er kann wunderbar kochen. Weißt du, er hat dieses andere Restaurant seit mehreren Jahren geleitet, und es hat einen tollen Ruf. Und er ist ein netter Kerl, soweit ich weiß. Man kann manchmal sogar in den Zeitschriften über ihn lesen. Er ist schon lange genug im Geschäft, und sein Name ist so berühmt, dass er es tatsächlich in die Presse geschafft hat. Aber soweit ich sagen kann, ist er ein sehr netter Mensch, und er wollte für Lisa arbeiten. Das sagt mir, dass er auch ein sehr kluger Mensch ist, und nach dem, was sie mir erzählt hat, zieht er hier raus, auf Star Gazer Island. Er hat es satt, in Corpus zu leben. Ich glaube, er wohnt in der Nähe des Geschäfts und war wahrscheinlich nur allzu bereit für was anderes. Und wir beide wissen, dass es keinen Ort gibt, der besser wäre als hier. Ich liebe diese Gegend."

„Ich auch. Ich meine, nachdem Jen gestorben war, habe ich nicht lange gebraucht, um aus der Stadt zu ziehen und hierherzukommen. Ursprünglich bin ich gekommen, um mich zu erholen, und dann konnte ich nicht wieder gehen. Ich brauchte diesen großen Job nicht mehr, und ich habe es schon immer gemocht, Dinge zu reparieren und zu bauen, weil es mir geistig und emotional half – und dann war da natürlich noch mein Boot ... Zeit auf dem Wasser hier zu verbringen. Das war im Grunde Gottes Medizin. Ich konnte nicht einfach so darauf verzichten – konnte es nicht verlassen. Also ja, ich verstehe ihn."

„Ich weiß nicht, ob er etwas, du weißt schon, etwas wirklich Emotionales oder Hartes in seinem Leben hatte, also bin ich mir nicht sicher, ob so etwas auch bei ihm eine Rolle gespielt haben könnte. Aber so wie es klingt, ist er einfach bereit für etwas Gutes."

„Das ist auch okay. Und, weißt du, ich kenne ihn nicht wirklich. Ich weiß, dass das Restaurant sehr beliebt ist, aber sie brauchte Hilfe. Ich wusste von Anfang an, dass diese talentierte Frau das Restaurant nicht lange allein halten kann. Deswegen hatte ich erwartet, dass sie sofort jemanden anheuert, weißt du."

„Habe ich auch. Aber ich glaube, sie wollte es erst einmal so einrichten, wie sie es wollte, bevor sie jemand anderen einstellte – du weißt schon, einen Rhythmus bekommen und alle Rezepte perfektionieren. Sie ist wirklich überarbeitet, und natürlich ist sie sehr müde und hat sich nicht viel ausruhen können. Ich weiß, dass ich heute Abend nicht da bin, aber er arbeitet, und sie beobachtet ihn und zeigt ihm, wie sie es macht, und ich bin begeistert."

„Ich auch. Ich muss sagen, das Inn ist ein toller Ort, und es ist das Gesprächsthema in der Stadt. Anscheinend gehen alle möglichen Leute zu euch zum Mittagessen und dann zum Abendessen. Ich kann nur sagen: Ich bin froh, dass du jetzt nicht da bist, sondern bei mir zu Abend isst und mein Gericht für dich genießt."

Sie lächelte ihn an. „Und das bin ich auch."

Und dann, zu seiner Überraschung, lehnte sie sich von ihrem Stuhl an der Ecke des Tisches nach vorn, berührte sein Gesicht, ließ ihre Hand an seinen Nacken gleiten, zog ihn zu sich und küsste ihn.

Sie küsste ihn – oh ja, er war ekstatisch.

* * *

Sie küsste ihn! Sie hatte es geplant, aber jetzt zitterte sie, als seine Arme sich um sie legten und sie sich von Stuhl zu Stuhl beugten und irgendwie die Kontrolle verloren.

Schließlich zog er sich zurück und lächelte. „Ich bin gerade ein sehr glücklicher Mann. Ich habe von einem solchen Kuss von dir geträumt."

„Nun, es hat eine Weile gedauert, bis ich es mir erlauben wollte, so weiterzugehen. Ich meine, ich gehe schon weiter, aber dem jetzt nachzugeben, was ich fühle, war ziemlich bedeutend."

Er berührte ihr Gesicht. „Und wie fühlst du dich?"

„Absolut wunderbar. Ich hoffe, du auch!"

„Oh ja, das tue ich. Bist du fertig mit dem Essen?"

„Ja, auf dem Teller gibt es wirklich nichts mehr für

mich zu essen."

Er lächelte, stand auf, nahm ihre Hände und half ihr auf die Füße. Er führte sie zu einer Schaukel am Rand der Veranda; dort setzten sie sich und sahen auf den Ozean hinaus.

„Ich bin sehr froh, dass du in mein Leben gekommen bist", sagte Alice.

Er hielt ihre Hand und drückte sie vorsichtig. „Das geht mir genauso. Ich hätte nie davon geträumt, dass die Eröffnung eines neuen Geschäfts mich zu dir führen würde, zu der Liebe."

Sie starrte ihm in die Augen, die sehr emotional waren, als er diese Worte sagte. Sie nickte. „Dem stimme ich zu. Ich liebe dich wirklich, Seth. Und ich bin dankbar, dass Gott uns zueinander geführt hat."

Sie konnte über diesen Teil nicht hinwegkommen. Als Gott William genommen hatte, war sie am Boden zerstört gewesen, und es hatte fast zwei Jahre gedauert, bis sie erkannt hatte, dass sie ein neues Leben brauchte. Zu wissen, dass die Eröffnung dieses Inn das war, was sie wollte. Aber eine neue Liebe finden? Nein, das hatte sie nie auch nur vermutet. „Also schätze ich, wir sind auf dem Weg, ein Leben in Gang zu bringen."

„So sieht es aus. Aber fühl dich mir gegenüber nicht verpflichtet, nur weil wir unsere Gefühle rausgelassen haben. Du hast im Moment viel zu tun, und das verstehe ich."

„Das klingt nach einem guten Plan für den Augenblick. Ich bin so froh, dass unsere Beziehung jetzt offen ist."

Er zog sie an sich. Seine Augen waren schön, als sie sich in ihre bohrten und ihr Herz kribbeln ließen und jeden Nerv in ihrem Körper reagieren.

„Ich bin gerade einfach ein sehr gesegneter und glücklicher Mann." Und dann küsste er sie.

KAPITEL SIEBZEHN

Dallas hatte Lorna in den Truck geholfen und auch das süße schlafende Baby hineingesetzt, und sie waren auf dem Weg zum Haus seiner Familie, der McIntyre Ranch.

„Also, ich werde einige deiner Brüder treffen?", fragte Lorna.

Er lächelte sie an. „Ja. Ich weiß, dass du meinen ältesten Bruder, Jackson, kennenlernen wirst, der die Ranch im Grunde leitet – er heiratet Nina. Ich hatte gehofft, sie wäre hier, dass du sie treffen könntest, aber sie hatte einen Geschäftstermin. Aber meine beiden Brüder Riley und Tucker werden auch da sein."

„Okay. Ich freue mich darauf, sie kennenzulernen. Und ihr habt eine riesige Ranch, oder?"

„So ziemlich. Sie hat eine lange Geschichte mit meiner Familie. Wir haben schon unser ganzes Leben hier verbracht, aber Daddy und sein Dad und sein Granddaddy haben es seit Generationen aufgebaut.

Aber erst Daddy hat es wirklich zu einem riesigen Geschäft gemacht. Jackson ist jetzt der Präsident des Unternehmens, und er geht wirklich gern mit Menschen um, und es funktioniert. Er ist unserem Dad sehr ähnlich. Tucker dagegen mag die geschäftliche Seite der Rancharbeit, also ist er im Grunde hinter dem her, was los ist, und er liebt es.

Ich mag das Rodeo, also bin ich, wie du siehst, nicht beteiligt. Aber ich mag die Rancharbeit und muss dir sagen, seit ich auf deiner kleineren Ranch bin, gefällt mir das wirklich gut. Wir haben alle das freie Leben genossen, das wir haben. Dann ist da aber auch noch Riley." Er schmunzelte sie an.

„Riley ist gerne auf der Ranch, aber er ist ein sehr kreativer Kerl. Und er will tatsächlich einen Campingplatz eröffnen. Wir haben ein schönes Grundstück am Meer, und ich bin sehr fasziniert von dem, was er tut, auch wenn ich nicht viel mit ihm darüber gesprochen habe. Ich habe das wirklich starke Gefühl, dass er das durchziehen wird. Ich meine, ehrlich gesagt, es wäre ganz nett, so etwas zu haben. Die Leute würden herkommen und die Gegend genießen. Insbesondere Gruppen möchte er dort haben. Du weißt schon, eine Gruppe von Campern, die herkommen und eine besondere Zeit haben wollen. Und eine der Gruppen, auf die er sich konzentriert, oder ich kann sagen, die Hauptgruppe, auf die er sich konzentriert, sind Camperinnen."

„Deine Familie klingt großartig. Und Riley klingt

faszinierend. Es gibt viele alleinstehende Frauen da draußen, die gern etwas unternehmen würden, und als alleinstehende Frau ist es nicht so leicht, den Tank zu füllen und einfach das zu tun, was man möchte. Sie gründen gern Gruppen für Frauen, die Dinge zusammen unternehmen, also wette ich, es gibt einige, die das Angebot gern annehmen würden."

Er blickte von der Straße und sah sie wieder an. „Du hast es genau getroffen. Das denkt er auch. Eines Tages war er auf dem Heimweg und hat angehalten, um noch zu tanken. Da traf er diese Frau mit einem winzig kleinen Wohnwagen, und sie haben sich eine Minute lang unterhalten, und ich glaube, er mochte sie. Sie hat ihm ihren Namen nicht genannt, bevor sie in ihr Auto stieg und wegfuhr. Aber sie hatte ihm davon erzählt, wo sie gewesen war, von einem Camp und einer Gruppe, mit der sie an diesem Wochenende gezeltet hatte. Das hat ihn grübeln lassen, und er konnte nicht aufhören, darüber nachzudenken, seit er sie getroffen hatte. Ehrlich gesagt weiß ich nicht einmal, ob sie oder das Camping ihn gelockt hat, aber egal ... es ist interessant."

„Das ist es wirklich. Es wird Spaß machen, es zu beobachten und zu sehen, was passiert."

„Das denke ich auch. Wie auch immer, jetzt weißt du von meinen Brüdern."

Sie bogen in die Einfahrt, und sie sah das Tor zur Ranch und lächelte.

„Es ist irgendwie niedlich, nicht wahr? Nun, mein Dad wäre durchgedreht, wenn du niedlich gesagt hättest, aber das hat meine Mom immer gesagt."

„Ja, das ist es, und professionell."

„Jupp, das glaube ich auch. Also, los geht's."

Sie fuhren die lange Einfahrt hoch zum Ranchhaus, und dann stellte er den Truck ab. Bevor sie ausstiegen, waren seine Brüder schon aus der Scheune und dem Haus gekommen. Sie alle näherten sich dem Truck, als er das Baby rausholte.

„Hey Leute, wir sind da, und ich möchte euch Lorna und Landon vorstellen."

„Hallo, ich bin Jackson, und wir freuen uns sehr, dich kennenzulernen. Ich bin froh, dass mein Bruder dir helfen konnte, und dass es dir und dem Baby gut geht."

„Und ich bin Tucker. Es ist sehr schön, dich und das Baby kennenzulernen. Wir sind froh, dass ihr alle diese Prüfung überstanden habt. Und wir sind froh, dass Dallas zu Hause war und dich gehört und gefunden hat."

„Ich auch."

„Und ich bin Riley, und auch ich freue mich, dass es dir gut geht und diesem niedlichen Baby. Es war ein harter, aber lohnender Tag. Und weißt du, eines Tages könnte es mehr sein." Sein Blick ging von Dallas zurück zu Lorna. „Wer weiß? Aus der Begegnung könnte auch noch etwas anderes werden. Ich weiß sicher, dass seine Schulter sich gebessert hat. Ich glaube, sie ist fast wieder in Ordnung, und das ist eine gute Sache. Du hast ihn gesegnet, denn wenn er hier draußen auf der Ranch gewesen wäre, hätte er sich zu Tode gelangweilt. Er hätte keine solche Ablenkung gehabt, wie sich um dich und das Baby zu kümmern und die Ranch zu versorgen."

Lorna lächelte. „Du hast recht. Ich bin so gesegnet, ihn in meinem Leben zu haben. Ich kann mir immer noch nicht erklären, wie das passiert ist. Ich meine, als ich dort draußen am Strand die Wehen bekam, war niemand da, also war mein Leben kurz davor, zerstört zu werden, und dann kam er. Es war wie ein Segen, der da über den Sand gelaufen kam. Und ich werde für immer dankbar sein."

All seine Brüder lächelten sie an. Und sie erwiderte es. Sie hatte so das seltsame Gefühl, dass jeder von ihnen vielleicht hoffte, dass sie und Dallas zusammenkämen. Und diese Idee gefiel ihr.

* * *

Nachdem Lorna seine ganze Familie kennengelernt hatte, fuhr er über die Ranch und ließ sie einen Teil davon sehen. Auf keinen Fall konnte man bei einem Besuch oder an einem Tag all die Tausende von Hektar sehen, die zu ihrer Ranch gehörten. Aber sie sollte sehen, woher er kam, weil sie neugierig war, also zeigte er ihr einige der Orte, die er als Kind wirklich geliebt hatte. Brachte sie zu dem Teil des Flusses, in dem sie als Kinder geschwommen waren, und es war immer noch ein sehr hübscher Ort für einen Besuch. Es war eine schöne Gegend. Es gefiel ihr. Dann fuhr er weiter und zeigte ihr, dass die Ranch auch einige Abschnitte mit hohen Hügeln hatte, von denen aus man einen Großteil der restlichen Ranch überblicken konnte. Dort saßen sie jetzt. Es war wunderschön.

„Das ist wirklich atemberaubend bei Sonnenuntergang", sagte er. „Es gibt einfach so viel zu sehen und zu bewundern. Und die Wolken, wenn welche da sind, lassen den Himmel erstaunlich aussehen. Und dann die ganze fließende Weide und die Möglichkeit, den Fluss hindurchlaufen zu sehen und das Vieh ... das war einfach einer meiner Lieblingsorte."

„Es gefällt mir. Sieh mal, wie riesig es ist."

Er lachte leise. „Ja, ist es. Eine Sache, die ich gelernt habe, als ich auf dieser Ranch aufgewachsen bin, ist, dass sie riesig ist. Sie hat rund hunderttausend Hektar, und in Texas gibt es mittlerweile so viele Ranches, die viel mehr Hektar als das haben. Aber im Vergleich zu den meisten ist die hier groß."

„Riesig!" Sie schmunzelte.

„Weißt du, dieser Ort hat seine Schönheit – er hat seine besonderen Punkte – aber genau wie dein Anwesen. Das sind hübsche zehntausend Hektar. Und darauf eine wirklich gute Menge Vieh."

„Du hast recht. Ich weiß, dass es gut ist, weil du es mir gesagt hast." Sie lächelte.

„Ja, ich weiß, dass ich dir das ein bisschen zu oft sage, aber es ist die Wahrheit. Ich mag deine Ranch."

Sie berührte seine Hand. „Und ich bin sehr froh."

Er lächelte, fuhr den Truck zurück und machte sich auf in Richtung Ranch. Als sie in den Scheunenbereich fuhren, schaltete er den Motor aus, und sie stiegen aus. Er holte Landon, und sie gingen in die Scheune.

„Hier bringen wir immer unsere neuen Hengstfohlen unter. Wir haben zwei neue. Sie sind etwa fünf Wochen alt, denke ich." Er führte sie den Gang hinunter zu zwei Boxen.

„Sie sind so entzückend. Ich frage mich, ob eines der Pferde, die ich habe, ein Hengstfohlen haben wird."

„Ich weiß es nicht, aber ich habe das Gefühl, dass es etwa drei davon gibt. Ich werde mal den Papierkram durchgehen und sehen, ob ich ihre Daten finden kann. Ich bin mir sicher, dass er sie da drin hat. Und dann werden wir uns überlegen, was du mit einigen der Hengstfohlen machen willst, die da draußen sind, denn sie haben nicht alle dasselbe Alter. Wenn du sie verkaufen möchtest, können wir das, aber wenn du sie erst zwei Jahre alt werden lassen und dann verkaufen möchtest, können wir sie vielleicht trainieren, dafür sorgen, dass sie kundenfreundlich sind und nicht nur kleine wilde Tiere. Dann würdest du mehr Geld dafür bekommen."

Sie sah ihn an. „Weißt du, ich habe keine Ahnung, wie man ein Pferd ausbildet. Wenn wir uns also dafür entscheiden, bleibt das allein an dir hängen."

Seine Augen funkelten. „Ja, Ma'am, das würde es."

Sie schmunzelte. „Dann bin ich dabei!"

„Und da das der Fall ist, dachte ich, mein ältester Bruder wird doch in etwa vier Wochen heiraten. Und ich frage mich, ob du und der Kleine da vielleicht mit mir zur Hochzeit gehen wollt?"

„Oh, das wäre schön! Ich wäre begeistert, dich begleiten zu können. Das ist eine wundervolle Einladung."

Und dann, mit funkelnden Augen, beugte sie sich vor und küsste ihn, und er musste ihr zustimmen; es war eine gute Idee gewesen, soweit es ihn betraf. Es war eine umwerfende Idee.

KAPITEL ACHTZEHN

„Ich bin so froh, dass Sie eine wunderbare Zeit hatten." Alice lächelte das Paar an, die Stewards. Sie waren für vier Tage hier gewesen und hatten die Zeit im Star Gazer Inn sehr genossen. Sie waren am Strand spazieren gegangen, hatten die meiste Zeit Mittag-, Abendessen und Frühstück genossen, andere Male hatten sie ein paar lokale Restaurants ausprobiert, waren aber immer wieder zu Lisas Küche zurückgekommen. Sie waren auch von den Gärten begeistert, und sie hatte sie mehrmals gesehen, wie sie auf einer der Bänke saßen, die Zeit miteinander genossen und den Sonnenuntergang beobachteten.

Nachdem sie abgereist waren, Hand in Hand, lächelte sie. Sie sah gern, wie andere die Nähe ihres Partners genossen. Sie hatte gern das Gefühl, als würde sie jemandem helfen, seinen Partner besser kennenzulernen oder das Leben mehr zu genießen. Es gab nichts an ihrem B&B, von dem sie enttäuscht war.

„Du lächelst ja." Lisa kam aus dem Essbereich.

„Das tue ich. Ich dachte nur gerade darüber nach, wie sehr ich es genieße, hier zu sein. Und wie sehr jeder, der hierherkommt, es genießt."

„Ja, das scheinen sie. Im Küchenbereich jedenfalls bekomme ich viele Komplimente, und das macht mich einfach so glücklich."

Sie musterte ihre beste Freundin. „Erzähl, wie macht sich dein neuer Koch?"

Lisa atmete tief durch und zog die Brauen zusammen. „Er ist wirklich gut, großartig, und alle Mitarbeiter sind sehr mit ihm zufrieden. Und ich bin wirklich erstaunt darüber, wie er meine Anweisungen annimmt. Er ist ein sehr, sehr angesehener Koch, also ist das wirklich erstaunlich. Und viele der Leute, die zum Essen gekommen sind, waren überglücklich, als sie erfuhren, dass er kocht. Nicht jeder sieht ihn hinten, aber manche doch, und es ist für mich sogar ein bisschen nervenaufreibend, wie aufgeregt sie sind."

„Bist du neidisch?"

„Nun, das könnte ich sein, aber nein, eigentlich nicht. Weil sie mir sagen, dass sie wirklich mögen, was wir hier kochen, und dass es toll ist, dass er mir hilft, weil er so talentiert ist. Die meisten von ihnen machen mir also Komplimente, was schrecklich klingt, wenn ich das so sage. Aber ich schätze, ehrlich gesagt, habe ich wirklich hart gearbeitet, um so weit zu kommen, und ich genieße die Komplimente. Das ist etwas, das ich gebraucht habe."

Alice legte einen Arm um ihre Taille ihrer Freundin und drückte sie. „Das hast du dir wirklich verdient, und ich denke, es war richtig von dir, ihn einzustellen. Ich schätze, dass ihr beide langfristig ein großartiges Team sein werdet."

„Ich hoffe, du hast recht. Ich glaube, du hast recht. Und eigentlich, gerade jetzt, da das Frühstück vorbei ist, fahre ich mitten am Tag für eine Weile nach Hause. Ich fahre nicht nur in die kleine Ruhezone, die du für mich vor deinem Büro eingerichtet hast. Seinetwegen kann ich nach Hause gehen."

Alice lachte. „Nun, ich bin begeistert. Also wirst du das Mittagessen auslassen?"

„Das tue ich. Ich gehe nach Hause und werde fünf Stunden genießen, bevor ich um vier Uhr zurückkomme."

„Nun, gut. Das sollst du. Also, dann los! Du solltest die Zeit nicht verschwenden."

„Nein, das werde ich wirklich nicht. Er hat mir gesagt, ich solle mich entspannen, und dass er sicherstellen würde, dass das Mittagessen so ist, wie ich es mache, und dann zeige ich ihm heute Abend noch ein paar Dinge zum Abendessen, damit er auch das bald für mich übernehmen kann, wenn ich den Abend freihaben will."

„Nun, das klingt faszinierend, also denke ich, dass er die perfekte Besetzung ist. Jetzt geh, entspann dich, genieße es und lass den Mann, den du angeheuert hast, sich um die Dinge kümmern."

Sie sah ihrer Freundin hinterher, wie sie zum Haupteingang hinausging. Normalerweise kam und ging sie durch die Seitentür, die in die Küche führte, und sie tat es immer noch. Bevor sie geöffnet hatten, war Alice immer dort gewesen. Aber jetzt, da die Küche tatsächlich offen und beschäftigt war und die Rezeption Alice brauchte, war Lisa in den vorderen Bereich gekommen, um sie zu sehen. Sie waren beide beschäftigt und glücklich. Alice war begeistert für ihre Freundin; sie hatte diesen neuen Koch verdient. Und er klang sehr entschlossen, es funktionieren zu lassen. Das freute Alice sehr.

* * *

Nina ging früh mit ihrem Hund spazieren. Es waren noch zwei Wochen bis zu ihrer Hochzeit, und sie war so aufgeregt! In der ersten Woche, in der sie sich für die Hochzeit entschieden hatten, hatten sie und Alice daran gearbeitet, Einladungen an die Leute zu verschicken. Sie hatten es etwas eingeschränkt und erwarteten mindestens zweihundert Personen. Sie kam nicht ursprünglich von hier, also wusste sie nicht, wie viele Leute aus ihrer Heimatstadt kommen würden. Aber sie wollte sie trotzdem einladen, nur für den Fall, dass sie kommen wollten.

Heute wollte sie noch einmal zum Brautmodenladen und ihr Kleid anprobieren. Es lag eng an und floss dann um ihre Knie. Es war ärmellos, mit einem V-Ausschnitt. Es war nicht übertrieben schick; es war nicht so umwerfend wie so viele der Hochzeitskleider, die sie gesehen und bewundert hatte, aber für sie funktionierte es. Es gefiel ihr. Aber es hatte im Brustbereich ein wenig geändert werden müssen, weil sie nicht so üppig war, wie das Kleid gemacht war, und an der Taille musste es etwas geweitet werden. Sie war immer noch so aufgeregt, es heute anzuprobieren.

Sie war fast wieder am Tor zu ihrem Haus, als sie Alice und Lorna entdeckte. Sie hatte Lorna nur einmal getroffen, also drehte sie sich um und ging hinüber, als sie sie bemerkten. „Geht ihr gerade spazieren? Es ist ein großartiger Morgen dafür."

„Ja, machen wir." Alice umarmte sie. „Es ist so schön, dich zu sehen und Lorna wiederzusehen. Wir haben gerade über deine und Jacksons Hochzeit gesprochen."

„Ich freue mich so sehr, kommen zu dürfen. Ich hoffe, du hast nichts dagegen, dass Dallas mich eingeladen hat?"

„Nein, überhaupt nicht. Ich hätte dich ohnehin auf die Liste setzen sollen. Jeder, der zur Hochzeit eingeladen ist, darf immer jemanden mitbringen, aber du bist offiziell eingeladen."

Alice berührte Ninas Arm. „Keine Sorge … ich habe ihr eine Einladung geschickt. Auch wenn sie dich nur das eine Mal getroffen hat."

„Nun, ich bin mir ziemlich sicher, dass wir uns in Zukunft öfter sehen werden als nur ein oder zwei Mal."

„Das hoffe ich", sagte Lorna und sah aus, als

meinte sie es so.

„Also, was habt ihr beide vor? Dieser kleine Kerl ist entzückend.“ Sie bückte sich und rieb das Baby am Bauch. „Kann ich ihn eine Minute halten?“

„Sicher kannst du das.“ Lorna gab ihn ihr, und Nina nahm das süße kleine Baby gern.

Sie war so bereit, ein Baby zu haben. Sie hoffte, dass auch Jackson bald bereit wäre. Sie würde ihn fragen. Sie sah sie an. „Ich bin bereit für ein Baby.“

„Ich glaube nicht, dass mein Sohn dagegen etwas einwenden wird. Du solltest in der Lage sein, so schnell wie du willst zu bekommen, was du möchtest.“

„Das denke ich auch. Landon ist entzückend.“ Sie reichte ihn zurück.

„Wir haben alles rausgeschickt bekommen. Wir haben das Essen bestellt und die Dekorationen warten darauf, aufgehängt zu werden. Also ist alles bereit. Ich werde jetzt mein Kleid anprobieren. Sie haben die wenigen Änderungen vorgenommen, die ich brauchte. Danach sind wir, so schwer es auch zu glauben ist, fast bereit.“

„Großartig! Das wird wunderbar.“ Ihre zukünftige Schwiegermutter umarmte sie noch einmal.

„Es wird schön werden, das weiß ich“, sagte Lorna. „Ich freue mich sehr darauf und kann dir sagen, dass Dallas begeistert ist. Er weiß, wie glücklich du seinen Bruder machst, und das macht ihn glücklich.“

Nina gefiel das. „Du hast mir gerade den Tag versüßt. Ich liebe Dallas und bin so froh, dass er zu

Hause ist und gesund wird. Und das liegt größtenteils daran, dass du zur rechten Zeit in sein Leben gekommen bist. Und ich kann nicht anders, als zu fragen – und ich weiß, dass es mich nichts angeht –, aber wie geht es euch?"

Sie wusste, dass sie das wahrscheinlich nicht hätte fragen sollen, und sie sah den etwas überraschten Ausdruck auf Alices Gesicht. Doch, was soll's? Sie hatte einfach nicht anders gekonnt. „Ich weiß, dass ich vielleicht etwas zu persönlich bin."

Lorna biss sich auf die Lippe, als dächte sie nach. „Ich bin verrückt nach ihm. Und er mag mich auch. Er sagte mir, dass er mich liebt, und ich sagte ihm, dass ich ihn liebe. Deshalb stecken wir ziemlich tief drin, auf eine wirklich gute Art und Weise. Er hat mir sehr geholfen, und ich war so besorgt, als ich mich in ihn verliebt habe, dass er vielleicht aufgebracht wäre, weil er mir nur hatte helfen wollen. Gott sei Dank liebt er mich, aber wir gehen es langsam an. Wir wollen es nicht überstürzen."

Nina und Alice griffen beide nach ihr und umarmten sie um Landon herum. Beide gratulierten ihr, bevor sie sie losließen.

„Ich finde das wundervoll", sagte Nina. „Er ist ein großartiger Typ. Und ich denke, du bist genau das, was er brauchte, und es klingt, als wäre er genau das, was du gebraucht hast."

„Richtig", stimmte Alice zu. „Ich bin eine sehr glückliche Mutter, müsst ihr wissen. Und, Nina, du brichst jetzt besser auf und machst, was du erledigen musst. Wenn ich irgendetwas für dich tun kann, ruf mich an. Und Lorna, lass uns gehen und ein wenig reden, bevor du dieses süße Baby zu einem Nickerchen nach Hause bringen musst."

„Bye! Viel Spaß!" Nina lächelte, als sie sie den Strand hinuntergehen sah. Sie drehte sich um, ging zurück zu ihrem Tor und hinein. „Buttercup, ich glaube, etwas Wunderbares ist gerade passiert. Ich mag das Mädchen wirklich, und ich glaube, dass sie meinen süßen, baldigen Schwager zu einem sehr glücklichen Mann machen wird. Ich frage mich, ob wir bald noch eine Hochzeit haben werden. Ich hoffe es."

* * *

Lorna fuhr in die Stadt und parkte an der Hauptstraße. Es gab mehrere Geschäfte für Frauen, und sie hoffte, dass sie etwas für die Hochzeit finden würde. Sie war so begeistert gewesen, zur Hochzeit eingeladen worden zu sein, und sie wollte sicherstellen, dass sie toll aussah. Sie liebte Dallas, er war einfach so wunderbar. Jedes Mal, wenn sie eine Sekunde zusammen verbrachten, war das eine Gelegenheit für sie, sicherzustellen, dass er ihre Gefühle verstand. Und für dieses Ereignis wusste sie, wollte sie ein schönes Kleid.

Sie war ein wenig übertrieben neidisch, wenn sie daran dachte, dass sein Bruder heiratete. Und sie konnte nicht anders, als zu hoffen, dass sie irgendwie zur McIntyre-Familie gehören konnte. Sie hoffte von ganzem Herzen, dass das passieren würde, aber sie durfte ihn nicht drängen. Sie konnte nur dafür sorgen, dass sie so gut wie möglich aussah. Sie stieg aus dem Auto, öffnete die Hintertür und hob die Babytrage heraus. Landon war eingeschlafen, also war sie sehr vorsichtig, als sie ihn hineintrug und ihn im Sitz schlummern ließ. Sie ging in den ersten Damenbekleidungsladen, und der war hübsch.

Die junge Frau kam hinter dem Tresen hervor und lächelte. „Wie geht es Ihnen? Ich bin Carol und für Sie da, wenn Sie irgendetwas brauchen. Wonach suchen Sie … nach etwas Bestimmtem?"

„Ich bin Lorna. Und ich suche etwas, das ich bei einer Hochzeit tragen kann."

„Ihre Hochzeit?"

„Nein, ich bin ein Gast. Es wird eine Hochzeit im Freien auf einer Ranch sein."

Carol lächelte und krümmte dann den Finger, als sie den Gang hinunterging. „Ich denke, wir könnten etwas haben, das Sie ansprechen würde. Gut, dass Sie uns ausgewählt haben. Wir haben eine Vielzahl an Kleidern für Partys, und wir haben sogar ein paar weiße und cremefarbene, die schick und verfügbar sind für den Fall, dass jemand in die Stadt kommt und sich spontan entscheidet zu heiraten. Natürlich können die cremefarbenen Kleider auch als Partykleid getragen werden, nicht nur als Hochzeitskleid."

„Deshalb hat meine Freundin, als ich sie fragte, wohin ich gehen soll, diesen Laden zuerst vorgeschlagen. Sie sagte, hier gebe es eine Menge Auswahl.“ Sie war froh, dass Alice jemand zu sein schien, der immer das Richtige wusste, und als sie das Regal sah, merkte sie allein von einem Blick darauf, dass dieser Laden eine gute Auswahl hatte.

„Das ist doch mal ein Anfang. Möchten Sie das Baby abstellen und allein alles durchsehen, oder wollen Sie sich da drüben in diesen Sessel setzen und mich Ihnen die Dinge holen lassen?“

„Ach, geht schon. Ich stelle ihn einfach hier ab und sehe mir langsam alles an. Wo ist die Umkleide?“

„Gleich hier.“ Sie zeigte auf den Raum gegenüber vom Regal.

„Perfekt. Ich werde mir die hier ansehen und ein paar auswählen, dann nehme ich mein Baby mit zum Anprobieren.“

Carol lächelte und sah Landon an. „Er ist anbetungswürdig. Und es sieht so aus, als wäre er eingeschlafen, nur um Ihnen zu helfen.“

„Ich habe versucht, herzukommen, wenn er sein Nickerchen macht, weil er dann ruhiger ist und ich mich mehr auf die Kleidung konzentrieren kann.“

Carol zwinkerte ihr zu. „Nun, das haben Sie großartig gemacht. Wenn Sie mich brauchen, rufen Sie mich einfach – wenn Sie zum Beispiel eine andere Größe brauchen, kann ich sie Ihnen holen.“

„Okay, danke schön.“

Als Carol wegging, stellte Lorna ihr Baby in die Umkleide, wo sie ihn bei geöffneter Tür sehen konnte, ihn aber nicht hochheben und bewegen musste. Und dann drehte sie sich um und sah sich die Kleider an. Es dauerte nicht lange, bis sie mehrere Kleider in der Garderobe hatte. Einige waren länger, andere gingen bis zur Mitte des Oberschenkels; sie wusste wirklich nicht, was sie wollte, aber sie hatte das Gefühl, dass sie wahrscheinlich etwas Längeres wollte.

Sie ging in die Garderobe und als sie das dritte Kleid anprobierte, verliebte sie sich. Es war eigentlich ein hellbeiges Kleid, das perfekt zu ihr passte und bis knapp über ihre Knöchel ging. Wenn sie ein Paar Schuhe zu dem Kleid anzog, würde es ihm eine einzigartige Länge und einen einzigartigen Look verleihen, und sie liebte es. Mit einem Seufzen und einem Lächeln atmete sie tief ein, drehte sich im Kreis, sah sich den Look an und wusste, dass es trotz der hellen Farbe ihr Kleid war. Sie zog sich wieder an und trug das Kleid und ihr Baby zurück zur Tür.

„Sie haben eines meiner Lieblingskleider ausgewählt. Und diese Farbe – ich weiß, es wird großartig an Ihnen aussehen", sagte Carol.

„Und es passt mir perfekt. Wenn ich jetzt einfach ein Paar Schuhe finden könnte, die dazu passen – in Cremefarbe –, wäre ich perfekt ausgestattet."

„Wir haben keine Schuhe, aber drei Türen weiter gibt es einen Laden. Ich habe das Gefühl, dass Sie dort drüben finden, was Sie brauchen." Carol kassierte für das Kleid und steckte es in eine Kleiderhülle auf einem Kleiderbügel und reichte es ihr. „Ich hoffe, Sie kommen zurück und probieren unsere anderen Sachen an. Wir geben uns Mühe, etwas zu haben, das allen gefällt."

„Und das glaube ich absolut. Ich komme wieder. Ich bin nur noch nicht bereit, viele neue Kleider zu kaufen, da ich erst vor nicht allzu langer Zeit meinen Kleinen hier bekommen habe und mein Gewicht noch etwas anpassen muss."

„Wir werden hier sein. Unser Chefin hat diesen Laden schon seit Jahren, also kommen Sie einfach rein, wenn Sie bereit sind."

Sie lächelte und ging dann zur Tür hinaus, begeistert davon, dass sie hatten, was sie brauchte. Sie wusste, dass es Dallas gefallen würde, und genau das hatte sie gehofft, als sie auf der Suche nach dem perfekten Kleid hereingekommen war.

KAPITEL NEUNZEHN

Dallas hatte einen Anruf von seinem Manager bekommen, der die Aufgabe hatte, ihm bei allen seinen Sponsoren zu helfen. Er war dankbar für deren Unterstützung. Und dafür machte er für sie Fernseh- und Internetwerbung, und er wusste, dass es Zeit war, etwas zu tun. Aber so, wie es seiner Schulter gerade ging, hatte er viele seiner Spots verschieben müssen.

„Dallas. Wir haben ein paar Werbespots, die gedreht werden müssen. Bist du ... ist deine Schulter so repariert, dass du ein paar Tage lang filmen könntest?"

Er atmete einmal tief durch. Er wollte ihnen noch nicht sagen, dass er sich ziemlich sicher war, dass er aus dem Rodeo ausscheiden würde. Manchmal war man in der Lage, Sponsoren zu behalten oder Werbung zu machen, auch wenn man aufgehört hatte. Es hing von den Geldgebern ab und was sie suchten. Er brauchte sie nicht; er hatte das Familienerbe und konnte sein Sponsorengeld auch beiseitelegen, also war er nicht wie andere Leute. Er war sehr gesegnet, sehr glücklich. Aber er fühlte sich schlecht, sie hängenzulassen.

„Wann und wo wäre es? Ich kann das machen. Meine Schulter ist viel besser, und solange ich aufpasse, es nicht übertreibe, kann ich einen Werbespot drehen." Nicht, dass sie jemals vollständig wieder hergestellt würde oder ein Bareback-Bulle sie nicht sofort wieder zerreißen würde.

„Freut mich, dass es dir besser geht. Wir dachten Ende der Woche, wenn du das hinbekommst. Dort drüben in der Arena ihrer Ranch, nahe Fort Worth." Das war ein großer Sponsor mit einer kleinen Ranch, die sie benutzten, um ihre Nahrungsergänzungsmittel an den Rindern zu testen, die sie dort aufzogen. Es war etwa fünf Stunden entfernt, nicht schrecklich weit, aber wenn er zwei Tage zum Filmen und einen Tag zum Hinunterfahren brauchte, wären es vier Tage hin und zurück. *Konnte er hier vier Tage weg?*

Er konnte seine beiden Hilfskräfte arbeiten lassen, während er weg war, damit sie sich um das Vieh kümmerten, Zäune reparierten, und dadurch wären sie in der Nähe, wenn Lorna einen Notfall hätte. Er dachte, es würde ihr schon gut gehen, aber er konnte nicht umhin, sich Sorgen zu machen. Sie hatte Lebensmittel und ein Kleid für Jacksons und Ninas bevorstehende Hochzeit. Und dann war da die Zeit, die sie am Abend auf der Schaukel auf der Veranda verbrachten. Er war vollkommen bereit zu heiraten, das war nicht zu leugnen. Er musste sie nur noch fragen, aber bisher hatte er sich noch nicht davon überzeugt.

„Ich hasse es, meine Verantwortung schleifen zu lassen, also sag mir, an welchem Tag ich da sein soll, schick mir die Adresse, und ich werde da sein. Wann immer du es mir sagst."

„Ich wusste, du würdest mich nicht im Stich lassen. Also gut, kannst du am Mittwoch hier sein und können wir dann Mittwoch und Donnerstag filmen?"

Sein Gehirn arbeitete, und er konnte sich nicht daran erinnern, an diesen Tagen schon etwas vorzuhaben. „Ja, ich werde da sein. Und es sind zwei Werbespots?"

„Ja, wir machen einen für Jeff Row und sein Geschäft dort auf der Ranch, und dann bringt die Hundefutterfirma Hunde, und wir filmen ihren am nächsten Tag auf der Ranch."

„Klingt nach einem guten Plan. Ich werde da sein."

Sie beendeten das Gespräch, und ihm kamen seine Verantwortlichkeiten in den Kopf, und die Verantwortung, die ihm jetzt wichtig war, lag hier auf Lornas Ranch. Er wollte sie zu einem großartigen Ort machen, um Lewis Franks' Namen weiterzuführen. Landons Vater. Lewis war vermögend gewesen von dem Ausrüstungsteil, das ihm so viel Geld eingebracht hatte. Dallas hatte durch verschiedene Leute erfahren, dass er es mehr als alles geliebt hatte, mit diesen Ranch-Tieren zu arbeiten. Die Pferde und das Vieh hatten einen guten Ruf, und Dallas wollte ihn sogar noch besser machen. Er war sich sicher, dass Lewis froh wäre zu erfahren, dass jemand an seine Ranch und seinen Sohn dachte. Und an Landon dachte er bei seinem Wunsch, die Ranch aufzubauen, denn Lewis war nicht da, um es zu tun. Landon würde seinen Vater nie kennenlernen, aber er würde diesen schönen Ort erben, wenn er aufwuchs. Obwohl Dallas zwar sein Daddy sein und seine Mutter heiraten wollte, sollte das kleine Kind doch von seinem echten Vater erfahren und wissen, wer diese Ranch gebaut hatte.

Dallas wusste, dass er diese beiden Werbespots noch machen würde, und dann wollte er ihnen sagen, dass er kündigte. Sie wissen lassen, dass er sie weiterhin vertreten könnte, wenn sie das wollten, und wenn nicht, hatte er kein Problem damit. Er war einfach bereit, mit seinem Leben voranzuschreiten.

* * *

Lorna schaukelte Landon am Abend, nachdem sie das wunderschöne Kleid gekauft hatte. Sie lächelte zu ihm hinab. Er war gerade mit dem Essen fertig und schlief jetzt glücklich ein. Sein kleines Gesicht spielte mit Lächeln und Schmunzeln und brachte sie selbst zum Lächeln, während sie ihn beobachtete. Ihr Kind war ein wunderbarer kleiner Kerl, und es würde Spaß machen, ihn wachsen zu sehen. Sie merkte, dass auch Dallas verrückt nach ihm war. Sie hatte Hoffnungen, so viele Hoffnungen, dass sie eine Familie würden.

Jemand klopfte an die Tür, obwohl die Tür offen

war. Sie wusste, dass Dallas nahe der Wand stand und nicht reinkam, wenn er vermutete, dass sie das Baby gerade fütterte.

„Komm rein. Es ist sicher", sagte sie und hoffte, dass sie eines Tages … nun, sie würde sich nie wieder erlauben, vor der Ehe Sex zu haben, selbst wenn sie jemanden liebte. Sie durfte es einfach nicht riskieren. Obwohl sie so bereit war, Dallas in jeder Hinsicht den ihren zu nennen. Aber obwohl er sie behandelte, als wären sie ein festes Paar, hatte er bisher nichts davon gesagt, dass sie in Zukunft Ehemann und Ehefrau sein könnten.

Er lächelte, als er durch die Tür kam. „Wie geht es dir heute?"

Ihr Herz schlug schneller. „Großartig. Dem kleinen Kerl hier geht es auch gut. Er hat alles aufgegessen, und jetzt schläft er. Er hat erstaunliche Gewohnheiten, an die er sich einfach perfekt hält. Ich glaube, er verwöhnt mich vielleicht. Du weißt, was ich meine. Eines Tages könnte ich ein Baby bekommen, das ganz anders als dieses ist." Sie lachte. „Aber es wäre egal – ich würde ihn oder sie genauso lieben."

Dallas' Ausdruck schwankte. „Ich bin mir ziemlich sicher, dass du mit jedem Baby umgehen könntest, und ich bin mir genauso sicher, dass er so ist, weil du so eine aufmerksame Mutter bist."

„Vielleicht, aber vielleicht auch nicht. Wie läuft dein Tag?"

„Es läuft gut, aber ich habe etwas, worüber ich mit

dir reden muss, und ich wusste nicht, wie lange du noch hier drin sein würdest. Ich kann entweder jetzt in die Scheune gehen und später wiederkommen, oder ich kann warten."

Worüber wollte er reden? Sie hörte seiner Stimme an, dass ihn etwas beschäftigte. „Ich kann ihn hinlegen. Er schläft tief und fest, also macht es ihm nichts aus. Gib mir ein paar Minuten, ich bin gleich wieder da."

„Okay, ich bin draußen." Er drehte sich um und verließ den Raum.

Sie hatte plötzlich Angst und legte Landon in seine Krippe. *Wollte Dallas zurück zum Rodeo?* Die Vorstellung war wie eine Faust in ihren Bauch. Und ihr Herz fing an zu schmerzen. Sie atmete tief ein und ging dann Richtung Wohnzimmer.

Er stand vor dem Kamin, als sie dort ankam, und er ging zu ihr, nahm sofort ihre Hände und führte sie zur Couch. Sie setzten sich beide hin, und er hielt ihre Hände weiter.

„Gehst du zurück zum Rodeo?", fragte sie.

Er schüttelte den Kopf, und seine Lippe hob sich ein wenig. „Nein, werde ich nicht. Ich wollte dich nicht so erschrecken. Ich werde gleich nächste Woche beim Rodeo kündigen. Aber ich bin das Gesicht mehrerer Produkte, und Werbespots für sie mussten verschoben werden, während ich verletzt war. Mein Manager hat mich heute Morgen kontaktiert, und ich muss Werbespots für zwei dieser Firmen machen. Das schulde ich ihnen, also mache ich mich morgen

Nachmittag auf die fünfstündige Fahrt zu einer Ranch außerhalb von Fort Worth. Wir fangen am nächsten Morgen, am Mittwoch, mit dem Dreh an, einen Werbespot für ein Ergänzungsmittel für Pferde. Und am Donnerstag machen wir das andere Produkt, ein Hundefutter, auf einem Teil der Ranch. Es dauert oft den ganzen Tag, um das zu erledigen, also werde ich wahrscheinlich erst am Freitag nach Hause fahren. Ich fahre früh los."

Ihr Magen zog sich zusammen, und ihr Herz raste. *Er hatte nach Hause gesagt.* Natürlich war das hier seine Heimatstadt – seine Ranch war gleich auf der anderen Seite der Stadt – aber sie dachte, er meinte diese Ranch. Sie behielt ihre Gedanken für sich. „Das verstehe ich. Wir kommen schon zurecht."

„Die Jungs werden kommen und die Tiere füttern und dafür sorgen, dass tagsüber alles in Ordnung ist, und sie sollen auch nach euch sehen. Wenn du also etwas brauchst, helfen sie dir gern weiter. Sie werden jeden Abend an deine Tür klopfen, bevor sie gehen, um nach dir zu sehen."

„Sie sind beide wirklich nett, also werde ich darauf zurückkommen, wenn ich sie brauche. Aber das werde ich nicht. Ich fühle mich großartig, und es ist nicht so, als bräuchte ich einen Babysitter – was ich geliebt habe, als du mein Babysitter warst. Tue ich immer noch. Aber wie auch immer, du hast eine Verpflichtung übernommen, also musst du tun, was du tun musst. Und wenn du dich nächste Woche aus dem Rodeogeschäft zurückziehst, denke ich, das ist ... nun, ich habe dir das schon mal gesagt ... aber ich denke, das ist eine gute Entscheidung."

Er lächelte, zog sie in seine Arme und drückte sie. „Okay, wir werden das hinter uns bringen, und wenn ich am Samstag wieder da bin, werden wir hier auf der Ranch arbeiten und uns auf die Hochzeit von Jackson und Nina am folgenden Samstag vorbereiten. Ich muss ein paar Tage bei der Dekorationsarbeit helfen."

„Okay." Sie lehnte sich zurück und sah ihn an. „Brauchst du Hilfe? Ich würde gern was machen, wenn Nina mich braucht."

„Ich bin sicher, dass sie es in Betracht gezogen hat, aber sie will dem Baby nicht deine Zeit nehmen."

„Verstehe. Nun, wenn ich sie diese Woche sehe, werde ich sie trotzdem wissen lassen, dass ich gern helfen würde. Oder wenigstens mal vorbeischauen."

„Ich bin sicher, dass sie begeistert wäre, wenn du zu ihr kommst. Ich werde dich vermissen, wenn ich weg bin, weißt du."

Sie hatte versucht, sich ihre Gefühle nicht anmerken zu lassen, und seine Worte ließen Funken durch sie rasen ... und Hoffnung. „Nun, ich werde dich auch vermissen. Aber ich werde mich zwingen, zu überleben. Und dann feiern, wenn du zurückkommst." *Na bitte, sie war positiv.*

Er zog sie in seine Arme, drückte sie fest und küsste sie dann, dass sie im Inneren weich wie eine Nudel wurde.

„Ich muss mich jetzt wieder an die Arbeit machen. Wir reden später beim Abendessen, und dann werde ich morgen noch den halben Tag hier sein."

„Es werden mindestens vier Tage sein, die ich ohne einen Kuss von dir auskommen muss."

Ein riesiges Lächeln wuchs auf seinem Gesicht, und seine Augen funkelten, als er sich vorbeugte. „Das kann ich nochmal tun. Ich will doch definitiv nicht, dass du leidest."

Und dann küsste er sie, und sie wurde fast ohnmächtig.

KAPITEL ZWANZIG

Lorna brauchte etwas zu tun, während Dallas weg war, oder sie würde Depressionen bekommen. Gerade stand sie in einem riesigen Möbel- und Dekorationsgeschäft. Wenn sie in diesem Haus wohnen würde, wollte sie anfangen, es mehr wie ihres aussehen zu lassen oder wenigstens ein paar neue Sachen zu haben. Sie war nicht jemand, der viel einkaufte; sie hatte nie viel Geld zum Einkaufen gehabt, aber jetzt schon. Sie hatte ein neues Haus, ein Baby und ein Zuhause, in dem ihr nichts gehörte. Sie würde nicht so viel kaufen, dass, wenn Dallas sich entschloss, sie zu heiraten, sie nicht auch etwas hinzufügen konnten, was ihm gefiel. Aber heute musste sie etwas tun und einige Änderungen vornehmen, während er auf seiner Geschäftsreise war.

Sie sah einen wunderschönen Sessel, der ihr gefiel. Er war aus weichem Leder gefertigt, und als sie sich hinsetzte, fühlte er sich so bequem an. Er würde den Sessel ersetzen, in dem sie jetzt immer saß und der ziemlich abgenutzt war, obwohl sie sicher war, dass es wahrscheinlich der Sessel war, in dem Lewis die meiste Zeit gesessen hatte, und sie sollte sich schuldig fühlen, ihn loswerden zu wollen. Aber sie wollte in einem Sessel sitzen, den sie ausgesucht hatte und der nicht schon von jemand anderem so abgenutzt war. Also kaufte sie ihn.

Und dann fand sie eine Couch und ein paar Sessel dazu und kaufte auch sie. Und sie entdeckte auch noch ein paar weitere Dinge, die gut dazu passten. Sie sah sich an, was sie ausgesucht hatte, und wusste, dass sie bald ihr eigenes Wohnzimmer haben würde. Sie sah sich weiter um und fand ein paar Dinge für die Küche, die sie ersetzen wollte. Einige der Gegenstände, die Lewis benutzt hatte, wie sein Zuckerbecher in Gestalt einer Kuh, waren nicht ihr Stil. Sie mochte das cremefarbene Glas, auf dem Zucker geschrieben stand, also kaufte sie es und den Rest des Sets.

Es gab noch mehr, was sie unbedingt hätte kaufen wollen, aber sie tat es nicht, weil sie bis später warten würde … in der Hoffnung, dass sich die Dinge bald änderten. Ein Schlafzimmer stand ganz oben auf der Liste. Im Moment schlief sie nicht im Hauptschlafzimmer. Sie hatte sich dagegen entschieden, vorerst, und schlief in einem der Gästezimmer neben dem Kinderzimmer. Wenn sie sich entschied, endlich in das Hauptschlafzimmer zu ziehen, würde sie es komplett umgestalten, mit einem neuen Bett und Kommoden. Sie wollte, dass es ihr und Dallas gehörte. Sie sah sich mehrere verschiedene Sets an und dann, weil es zu viele Wünsche und Hoffnungen in ihr weckte, verließ sie die Bettenabteilung und fuhr mit Landon nach Hause.

Sie erreichte das Texas Ready Diner, fuhr auf den Parkplatz und entschied, dass sie und Landon hier etwas essen würden, bevor sie nach Hause fuhren. Es lag auf dem Weg und war immer voll, also ein guter Ort zum Anhalten.

Sie betrat das kleine Diner, und sie bekamen einen Tisch am Fenster. Das war das erste Mal, dass sie und Landon zusammen auswärts aßen und niemand sonst bei ihnen war. Wieder einmal rückten Gedanken an Dallas in den Vordergrund. Sie weigerte sich, ihre Gedanken auf die dunkle Seite gehen zu lassen. Er würde bald nach Hause kommen.

Sie war überrascht gewesen, als man ihr im Laden gesagt hatte, dass sie ihre Möbel am nächsten Tag liefern würden. Sie hatten alles, was sie bestellt hatte, im Lager, also hatte sie natürlich Ja gesagt. Ihr Anruf kam, während sie aß, also beeilte sie sich und fuhr nach Hause. Sie musste alles für morgen vorbereiten. Sie war so froh, von den Emotionen abgelenkt zu werden, die sie für Dallas empfand, wenn sie ihnen nachgab.

Sie hatte das Baby ins Bett gelegt und ging dann ins Wohnzimmer. Sie würde die Lieferanten bitten, die Möbel hier drin zu entfernen und sie auf die Veranda zu stellen. Sie würde sich noch überlegen müssen, was sie mit den Möbeln anfangen sollte. Aber sie konnte sich vorstellen, dass dieses Wohnzimmer tatsächlich ihres wäre, nachdem sie darüber nachgedacht hatte, und hoffentlich würde auch Dallas gefallen, was sie gekauft hatte. Es gab noch Platz für andere Dinge in diesem großen Raum, also konnte er noch etwas hinzufügen, oder sie würde das hier loswerden, und sie würden gemeinsam etwas aussuchen. Sie war einfach froh, ihr neues Leben hier auf dieser Ranch mit Dingen beginnen zu können, die sie ausgewählt hatte. Und hoffentlich würde sie ihr Leben hier auf dieser Ranch mit dem Mann beginnen, den sie ausgewählt hatte.

Sie hatte ein gutes Gefühl dabei, und das war eine große Erleichterung.

* * *

Dallas fuhr in Richtung Heimat. Es war eine furchtbar lange Fahrt gewesen und lange zwei Tage dort, und jetzt an diesem vierten Tag schien es, als würde es nie enden

Er hatte jeden Abend mit Lorna telefoniert, und sie hatte ihm erzählt, dass sie neue Möbel gekauft habe und dass es toll aussah. Sie hatten alles am zweiten Tag geliefert und die Möbel aus dem Wohnzimmer transportiert. Die Jungs von der Ranch hatten die alten Möbel zu einer Spendenstelle gebracht, deswegen fühlte sie sich nicht so schlecht dabei, sie aus dem Haus entfernt zu haben. Dallas freute sich in diesen Momenten, ihre Aufregung zu hören, aber er hatte das deutliche Gefühl, dass sie zu überspielen versuchte, dass sie ihn vermisste. Auch er überspielte, dass er sie vermisste.

Er hatte es kaum ausgehalten, sie nicht zu sehen. Als er die Außenbezirke von Star Gazer Island erreichte, fuhr er schnell und direkt zur Ranch. Als er den Truck abstellte, öffnete sich sofort die Haustür, und sie stürzte heraus. Er öffnete die Arme, und sie ließ sich hineinfallen.

Er hob ihr Gesicht und küsste sie. „Ich habe dich vermisst", murmelte er, während er sie küsste.

Als der Kuss beendet war, lächelte sie. „Ich bin froh, dass du eine gute Fahrt hattest. Und ich bin froh, dass du zu Hause bist."

Ihm entging nicht, dass sie zu Hause gesagt hatte und wie viel es ihm bedeutete. „Ich bin begeistert, hier zu sein! Zeig mir, was du alles gemacht hast, während ich weg war."

Sie schmunzelte ihn an. „Komm rein. Und ehrlich, wenn es dir nicht gefällt, sag es mir bitte, denn ich will nichts, was dir nicht gefällt."

Sie gingen ins Wohnzimmer. Es hatte sich auf großartige Weise verändert. Ja, es gab wunderschöne Möbel. Es war entspannt in Cremefarben und Braun. Neue Beistelltische, einer an jedem Ende der Couch und ein toll aussehender Sofatisch davor, der wie eine große Truhe aussah, waren schön und förderten eine entspannte Atmosphäre. Sie hatte Kerzenständer für den Kaminsims gekauft; und darüber hing ein Gemälde. Es zeigte den Blick auf einen wunderschönen See. Er entdeckte den Namen und lächelte.

„Du hast dein Bild von Nina."

„Das habe ich. Und ich liebe es. Also, was hältst du von allem anderen?"

„Ich denke, du bist eine sehr talentierte junge Frau. Sieht großartig aus."

„Danke! Es können aber auch noch Dinge hinzugefügt werden. Das ist ein großer Raum."

„Jupp. Und ich bin mir sicher, dass du schon noch herausfindest, was du willst."

Sie sah ein wenig zögerlich aus und lächelte dann. „Stimmt. Eines Tages."

Die Enttäuschung war nicht zu übersehen, und es missfiel ihm, sie ausgelöst zu haben. Er vermutete, dass sie sich gewünscht hatte, er würde seine Ideen einbringen.

* * *

Am Montag fuhr Lorna mit Dallas auf seine Familienranch. Nina hatte angerufen und sie gefragt, ob sie mit ihm rauskommen und vielleicht bei dem, was sie dekorierten, helfen wollte. Sie hatte gesagt, Lorna wäre auch mehr als willkommen, das Baby mitzubringen und einfach zu Besuch zu kommen. Sie wollte nicht, dass sie etwas tat, was mit dem Baby nicht ging, aber sie wollten sie auch nicht nicht einladen, wenn sie gern etwas tun wollte.

Lorna wollte es so unbedingt, und gerade jetzt, da

es so verwirrend war, sich daran zu gewöhnen, dass Dallas zurück war und er immer noch nicht ihre Beziehung auf die nächste Stufe brachte, indem er um ihre Hand anhielt. Sie hatte sofort zugestimmt und war begeistert, mit Dallas auf die Ranch zu fahren. Sie hatten eine gute Woche gehabt. Er hatte auf der Ranch gearbeitet und angefangen, mit den Pferden zu trainieren, und es machte Spaß. Sie hatte Zeit draußen damit verbracht, ihn zu beobachten und so sehr zu hoffen, dass er die wichtige Frage stellen würde.

Obwohl immer noch keine Heirate-mich-Bitte ausgesprochen worden war, war sie so glücklich wie seit Langem nicht. Abgesehen von der Nacht, in der sie Landon zum ersten Mal hatte halten können. Aber das war eine ganz besondere Nacht gewesen – nicht nur war ihr Baby auf die Welt gekommen, sondern ihre zukünftige Liebe hatte sie gerettet. Es war eine lebensverändernde Nacht gewesen.

„Das könnte lustig werden. Ich werde dabei helfen, ein Zelt aufzubauen und so was, also bist du sicher, dass es für dich in Ordnung ist, einfach mit den Mädels rumzuhängen?"

Sie lachte. „Ja, ich bin verrückt nach deiner Mom, und die paar Male, die ich Nina getroffen habe, war sie großartig zu mir. Und wirklich, ich liebe es, Leute kennenzulernen. Das ist mein neues Zuhause, in dem ich meinen süßen Sohn großziehen werde. Ich freue mich also, wunderbare neue Leute treffen zu können."

„Nun, das klingt großartig. Meine Mom und Nina

haben beide sehr nette Dinge über dich gesagt, also los geht's." Er lächelte, und sie fuhren den Highway hinunter.

Bald bogen sie in die lange Einfahrt. Sie sah, wie die Damen an der Seite des Hauses an etwas arbeiteten. Als sie näherkamen, merkte sie, dass es Bänder waren. Er parkte, und sie stieg aus und holte das Baby. Auch er kam, um sich den Babysitz zu schnappen.

Sie nahm Landon. „Nein, du musst woanders hin, und Landon und ich haben da drüben Plätze. Viel Spaß beim Helfen. Und mach dir meinetwegen keine Sorgen."

Er lächelte, und zu ihrer absoluten Freude beugte er sich vor und küsste sie.

„Hab Spaß. Ich liebe dich."

„Das werde ich. Ich dich auch." Ihr Herz pochte heftiger. Sie drehte sich um und ging in Richtung der Damen.

„Lorna, du bist da! Wir freuen uns so!" Nina legte ihr Band ab und beeilte sich, sie kurz zu umarmen.

Lorna erwiderte die Umarmung.

„Ich freue mich so, dich zu sehen, junge Frau." Alice umarmte sie. Dann sah sie Landon an. „Und dieses Baby! Oh, ich könnte ihn mir jeden Tag ansehen. Hier, lass mich ihn nehmen, und Nina kann dich herumführen. Wir müssen Bänder anfertigen und dann Dinge vorbereiten, damit wir, wenn die Jungs das Zelt aufgerichtet und die Tische hineingestellt haben, bereit sind, mit der Dekoration fertig zu werden." Sie schmunzelte, nahm dann das Baby, ging zurück und setzte sich. Sie holte Landon aus seinem Sitz, und er lächelte, als er die Hand hob und sie anfassen wollte.

Nina sah begeistert aus. „Danke dir fürs Kommen! Du solltest dich nicht ausgeschlossen fühlen, und wir könnten auch zusätzliche Hände gebrauchen. Heute wird die Grunddeko fertiggestellt, und den Rest der Woche können dann die verschiedenen Installateure kommen und ihre Sachen vorbereiten. Zum Beispiel kommt morgen der Mann für die Beleuchtung und hängt einen Haufen winziger Lichter an den Deckenbereich."

„Das ist großartig! Ich habe mich so über deinen Anruf gefreut. Ich bin neu in der Stadt, und das hier gibt mir das Gefühl, ein Teil der Stadt zu sein oder Freunde zu haben, weißt du."

Nina zwinkerte ihr zu. „Oh ja, ich weiß. Was ein weiterer Grund ist, warum ich dachte, eine Einladung wäre gut."

Nina zeigte ihr die großen Schleifen, an denen sie gerade saß, und sie stürzte sich darauf und fing an zu helfen.

Sie arbeiteten mit Fleiß an den Bändern. Es waren ungefähr sechzig. Sie sollten auf die Tische zu den Kerzenständern kommen und dazu ein paar frische Blumen, die am Samstagmorgen geliefert werden sollten.

Alice war mit dem Baby herumgegangen und brachte es jetzt schlafend zurück. Sie legte ihn wieder in seinen kleinen Sitz. „Er ist eingeschlafen. Sollte er was essen?"

Ich habe ihn gefüttert, bevor wir hergekommen sind, also ist er satt. Aber er wird bald aufwachen und wieder bereit sein."

Sie schmunzelte. „Sind sie das nicht immer? Meine Jungs, oh, du meine Güte. Meine Jungs haben die ganze Zeit gegessen. Es war fast so, als hätte ich dazwischen gar keine Zeit. Es ist also ungewöhnlich, wenn ich sehe, wie die meisten Babys sind."

Nina lachte. „Nun, ich kann dir sagen, dass Jackson kein normaler Mann ist – er ist einfach super produktiv, supernett und fantastisch. Dein ganzes Füttern, als er ein Baby war, hat ihn wahrscheinlich dazu gemacht. Danke!"

„Gern geschehen!" Alice lachte leise. „Ich bin vollkommen froh, das gemacht zu haben."

„Und ich kann dir sagen, dass Dallas gern arbeitet", sagte Lorna. „Und er scheint auch nicht müde zu werden, also hast du ihm mit all dem Stillen nur Gutes getan. Ich habe gehört, dass es auch so funktioniert."

Nina und Alice lachten beide.

„Nun, dann muss ich sagen, dass ich als Mom fantastisch war. Erfolg. Das wirst du auch hinbekommen", sagte Alice und zwinkerte dann.

„Okay", sagte Nina. „Wir müssen ins Haus gehen, wo wir Dekorationen zusammenstellen, die auf den Dessert- und Esstisch kommen. Und wenn wir damit fertig sind, werden wir ein großes Zelt haben, das wir dekorieren müssen."

„Klingt großartig." Lorna griff hinüber und nahm den Babysitz, Nina nahm eine der Kisten mit Bändern, und Alice nahm die andere. Sie folgten Nina ins Haus. Sie gingen durch die Küche, die schön und groß war, und dann in den riesigen Essbereich. Sie stellten die Kisten auf den Esstisch, dann zog sie einen Stuhl heraus und stellte den Babysitz darauf. An den riesigen Tisch passten zwölf Personen, und wenn sie sich nicht irrte, konnte man ihn ausziehen, um noch mehr Personen Platz zu bieten. Grundgütiger!

„Habt ihr früher alle hier groß zu Abend gegessen oder macht es vielleicht immer noch?", fragte sie.

Alice lachte leise. „Als William, mein Mann, noch lebte, hat er das Geschäft so ziemlich wie Jackson geführt. Aber früher hat er viele Abendessen veranstaltet. Damals wusste er, dass jeder, der seine Tiere kaufen wollte, es genoss, herzukommen, die Tiere gezeigt zu bekommen und dann hier im Haus zu essen. Deshalb haben wir hier so oft welche veranstaltet. Es war sehr lustig, hat viel Arbeit gemacht, und wir haben jede Menge Vieh verkauft. Das hatte er von seinem Vater gelernt. Aber später wurden große weiße Zelte beliebt, wie das, das gerade draußen aufgestellt wird, und das gab uns die Möglichkeit, noch mehr Leute einzuladen, das Vieh zu sehen und ein riesiges Abendessen zu genießen. Dieses Esszimmer wurde dann nur noch von der Familie genutzt."

„Wow, die Zeit verändert die Dinge. Aber das ist schön."

„Ja, finde ich auch. Ich kann dir sagen, ich habe eine Vision, dass eines Tages, wenn alle meine Söhne heiraten und Kinder und Familien haben, dieser Tisch an Feiertagen oder besonderen Anlässen voll sein wird. Also bin ich William sehr dankbar dafür."

„Das ist eine tolle Geschichte, und er klingt wie ein großartiger Mann", sagte sie. „Deine Jungs werden eine große Familie für dich haben, das habe ich so im Gefühl."

Alice schmunzelte. „Klingt perfekt."

Ninas tanzende Augen begegneten ihren. „Nun, ich plane es, und Jackson auch. Ich brauche nur noch mehr Familie – ihr wisst schon, Schwägerinnen –, um dieses Esszimmer zu füllen."

Lorna war ein bisschen erschrocken, als Nina ihr zuzwinkerte, und Alice auch. Sie sahen einander nur an und lächelten. „Ich finde auch, das ist eine großartige Idee."

KAPITEL EINUNDZWANZIG

Dallas sah sich um. Das Zelt war fast fertig, und einige der Umzugsleute hatten bereits damit begonnen, die Tische aufzubauen. Die Damen konnten jetzt reinkommen und dekorieren. Sie waren bereit.

Er und seine Brüder waren bereit gewesen, hier einzuspringen und Jackson zu helfen, um ihm zu zeigen, dass er ihnen am Herzen lag, und um Spaß dabei zu haben, ihn zu necken – was sie getan hatten. Sie hatten sich amüsiert, und er war froh, weil die Hochzeit ein wenig anders werden würde; sie waren nicht seine Trauzeugen. Vorn würden nur Jackson und Nina stehen; seine Brüder würden in der ersten Reihe sitzen und zusehen, wie sie ihre Liebesgelübde austauschten. Was in Ordnung war. Er würde neben Lorna sitzen.

Er war so bereit für dasselbe, sein Herz war vollkommen überspannt, so bereit war er. Und er wollte sie nach der Hochzeit seines Bruders bitten, ihn zu heiraten. Er konnte sich nur nicht dazu durchringen, es während der Vorbereitungszeit auf Jacksons Hochzeit zu tun. Das hier war Jacksons und Ninas Zeit, und es würde fantastisch werden.

„Du bist aber wirklich in Gedanken versunken", sagte Jackson, als er von dort kam, wo er gerade die große Befestigung in den Boden gehämmert hatte, um diesen Teil des Zeltes unten zu halten. Es war der letzte. Das Zelt war fertig.

„Tut mir leid."

Jackson musterte ihn. „Geh mit mir ein Stück spazieren. Wir sind hier fertig."

„Ich möchte nicht deine Zeit in Anspruch nehmen. Heute geht es nur um dich."

Jackson lachte. „Dann musst du erst recht mit mir gehen, denn im Moment will ich nur mit dir reden. Also, komm mit, Bruder."

Er beobachtete, wie sein Bruder Richtung Weide ging, und schloss sich ihm an. Was sollte er schon tun?

„Erzähl mir, was zwischen dir und Lorna vor sich geht."

Er hatte gewusst, dass es das war, was er ihn fragen wollte. „Ich liebe sie. Ich möchte sie bitten, mich zu heiraten. Ich möchte ihr dabei helfen, ihr Ranch-Geschäft aufzubauen – das war bereits ein Erfolg, kann aber nachlassen, wenn sie nicht weiß, wie sie es aufbauen soll. Finanziell wäre es egal, weil sie das Geld von der Erfindung hat, aber der Ranch geht es gut, und ich möchte helfen, sie zu einem größeren Erfolg zu machen."

„Das klingt großartig.“

„Ja, aber hauptsächlich will ich mit ihr und Landon zusammen sein. Ich kann immer noch nicht glauben, wie ich sie oder das süße Baby kennengelernt habe, aber das ist es, was ich tun will. Ich will sie heiraten. Ich brauche weder ihr Geld noch ihr Land. Ich brauche sie. Ich hatte vor, sie ein paar Tage nach deiner und Ninas Hochzeit zu fragen. Auf keinen Fall davor. Ich wollte eurer Hochzeit nichts stehlen. Und mein Antrag sollte etwas Besonderes sein.“

„Mann, ich freue mich so, dass du jemanden gefunden hast. Wir haben alle darüber gesprochen, und ihr scheint einfach wunderbar zu passen. Und Nina ist verrückt nach ihr. Sie hält euch beide für absolut perfekt zusammen, genau wie ich – und Mom auch.“

„Danke! Ich bin begeistert, und ich denke, sie ist nicht nur perfekt für mich, sondern passt auch zu unserer Familie. Und ich glaube, Dad hätte sie geliebt.“

Jackson blieb stehen und musterte ihn. Seine Augen strahlten plötzlich.

Dallas senkte das Kinn und betrachtete ihn neugierig. „Warum siehst du mich so an?“

„Weil ich gerade eine großartige Idee hatte. Kann ich im Moment nicht sagen. Aber das werde ich später. Wie auch immer, ich denke, wir sollten zurückgehen, die Dekoration fertig machen und uns für diese Hochzeit vorbereiten. Und ich muss dir einfach sagen, dass ich mich für dich freue. Meinetwegen musst du mit deinem Antrag nicht unbedingt warten, bis ich geheiratet habe. Wenn ich du wäre, würde ich es angehen."

Dallas wollte es. „Ich werde darüber nachdenken. Danke, dass du mich hergebracht hast. Vielleicht habe ich mich geirrt, weil ich dachte, ich muss es bis nach eurer Hochzeit verschieben."

„Vielleicht. Aber ich würde einen besonderen Moment auswählen und es bald tun. Auch morgen schon."

„Ich habe darüber nachgedacht, wie und wo ich sie fragen könnte, also werde ich jetzt nicht einfach dorthin gehen und es tun. Ich muss einen Plan haben."

Jackson klopfte ihm auf die Schulter. „Dir fällt schon was ein. Lass uns jetzt zurückgehen. Ich hoffe, dir geht es jetzt besser?"

„Ja, sehr." Das tat es. Er musste jetzt nur noch entscheiden, wann.

* * *

Jackson und Nina winkten am Ende des Abends zum Abschied, als alle gingen.

„Sie waren alle so wunderbar", sagte Nina, als sie wieder hineingingen.

„Ja, das waren sie." Er nahm ihre Hand und führte sie hinaus auf die Veranda. Sie setzten sich in die Schaukel, und er legte einen Arm um sie. „Es war ein großartiger Tag."

„Oh, es war so wundervoll. Deine Familie ist

einfach klasse, und Lorna auch."

„Das sind sie. Und sie lieben dich. Ich finde Lorna großartig, und sie passt so gut dazu. Es war wirklich nett von ihr, zum Helfen zu kommen."

„Das dachte ich auch. Ist dir klar, dass sie und Dallas einander lieben? So sehr."

„Weiß ich. Es ist offensichtlich."

„Sie hat mir geholfen, und ich musste ihr ein paar Fragen stellen – ich konnte einfach nicht anders, ich denke einfach, dass sie so perfekt füreinander sind. Sie sagte, sie würden wahrscheinlich heiraten, obwohl er sie noch nicht gefragt hat."

„Er hat heute ein wenig mit mir gesprochen und wollte ihr keinen Antrag machen, bevor wir heiraten. Er versucht, sich bis ein paar Tage nach der Hochzeit zurückzuhalten. Aber ich hab' ihm gesagt, er solle es angehen und sie fragen."

„Ich denke, sie sollten sogar noch weitergehen und heiraten."

Er sah sie an, mit Neugier in seinem Kopf, weil er das komische Gefühl hatte, dass sie dasselbe dachte, was er gedacht hatte. Dasselbe, was er sie hatte fragen wollen. „Und woran denkst du?" Er schmunzelte.

Ihre Augen tanzten. „Nun, wir heiraten, und ich liebe dich so sehr – wirklich, wirklich, wirklich. Ich habe mich gefragt, was du davon halten würdest – natürlich weiß ich nicht mal, ob sie zustimmen würden –, aber ich habe mich gefragt, wie du es finden würdest, wenn sie mit uns heiraten? Wenn sie bis Mittwoch eine

Lizenz bekommen, wären sie noch innerhalb des zweiundsiebzigstündigen Zeitfensters und könnten bei der Hochzeit sein."

Er lachte und zog sie in seine Arme. „Ich finde, das ist ein absolut großartiger Gedanke! Und eigentlich habe ich dich hergebracht, weil ich dich fragen wollte, was du darüber denkst."

Sie lehnte sich zurück und schmunzelte ihn an. „Siehst du? Du und ich denken in vielen Dingen sehr ähnlich. Also, was machen wir?"

„Ich denke, wir müssen morgen früh auf ihre Ranch fahren und mit ihnen reden. Ähm, nein, das können wir nicht ... er muss sie zuerst bitten, ihn zu heiraten." Er war gerade so verwirrt. „Also muss ich zuerst zu ihm rausfahren und ihm sagen, was unser Plan ist? Ihm sagen, dass, wenn er sie morgen bitten sollte, ihn zu heiraten, dann sollte er ihr sagen, dass sie eingeladen sind, die Hochzeit mit uns zu teilen?"

„Ja, ich denke, das ist zu tun. Und sag ihm, dass ich absolut und vollkommen an Bord bin. Dass mir, abgesehen davon, dich zu heiraten, nichts mehr gefallen würde, als unsere Hochzeit mit ihnen zu teilen."

„Ich liebe dich wirklich."

Sie lächelte. „Und ich liebe dich wirklich." Und dann küsste er sie.

* * *

Am Morgen, nachdem sie bei der Dekoration für die

Hochzeit geholfen hatten, war Dallas überrascht, als Jackson ihn anrief und ihn bat, sich mit ihm in der Stadt zum Frühstück zu treffen. Also fuhr er natürlich in diese Richtung. Er erklärte Lorna, was er vorhatte, und stellte sicher, dass es ihr gut ging.

Sie wünschte ihm und Jackson ein gutes Frühstück und schien glücklich zu sein.

Er war auch glücklich, aber er überlegte noch, wann ein guter Zeitpunkt wäre, um ihre Hand anzuhalten. Jackson hatte ihn dazu ermutigt, sie zu fragen, und er wusste, dass sie das glücklich machen würde. Er spürte, dass sie sich Sorgen machte, warum er ihr keinen Antrag gemacht hatte, da er ihr bereits gesagt hatte, dass er sie liebte. Er befürchtete, sie könnte denken, dass er sich noch nicht sicher war.

Er erreichte das Restaurant, stieg aus und sah Jackson draußen an einem Picknicktisch im hinteren Außenbereich sitzen. Er ging in diese Richtung.

„Schön, dass du es geschafft hast." Jackson schmunzelte ihn an.

„Na ja, natürlich. Ich bin neugierig, worüber du reden willst, aber ich treffe dich jederzeit gern zum Frühstück."

„Gut. Ich habe schon unser Lieblingsessen für uns bestellt. Du weißt schon, diesen Frühstücks-Burrito, den sie machen."

Er lächelte. „Großartig! Den mag ich wirklich."

Jackson musterte ihn. „Huch, da kommt schon

unser Essen", sagte er, und sie warteten darauf, dass die Kellnerin es auf den Tisch stellte, inklusive Kaffee. Nachdem sie weg war, sah er seinen Bruder ernst an. „Meine süße Verlobte und ich haben dich und Lorna beobachtet, und wir haben uns gestern Abend unterhalten. Sie hatte mit Lorna geredet und das Ja bekommen, dass Lorna dich heiraten will, aber unsicher ist, ob du bereit bist. Oder dich langfristig gegen sie entscheiden würdest."

Dallas ließ seine Gabel fallen, und sein Magen schaukelte. „Sie denkt, ich heirate sie vielleicht nicht? Ich habe sie nicht gefragt, aber ich habe ihr gesagt, dass ich sie liebe, immer und immer wieder. Ich habe sie nur nicht gefragt, weil ich, wie ich dir schon sagte, eure Hochzeit nicht stören wollte. Aber ich wusste nicht, dass ich sie dazu gebracht habe, zu denken, dass ich es vielleicht nicht tun würde. Tatsächlich habe ich, als du heute Morgen angerufen hast, versucht zu entscheiden, ob ich sie heute Abend bitten könnte, mich zu heiraten."

Jackson schmunzelte. „Das passt perfekt zu dem, was ich vorschlagen will."

„Was wolltest du mich fragen?"

„Nina und ich möchten, dass ihr unsere Hochzeit am Samstag mit uns teilt. Wir möchten, dass es eine Doppelhochzeit wird."

Dallas starrte seinen Bruder an, vollkommen schockiert. „Du meinst es ernst."

Jackson schmunzelte. „Das tue ich, und Nina könnte es sogar noch ernster meinen als ich. Sie ist verrückt nach Lorna und denkt, dass eine Doppelhochzeit perfekt wäre. Und das tue ich auch. Wenn du das auch findest. Aber du müsstest sie fragen; dann, wenn sie zustimmt, fahrt ihr die Heiratserlaubnis holen."

Dallas starrte seinen Bruder an, sein Herz schlug unkontrolliert. *Er wollte das. War es möglich? Würde sie es wollen oder würde es sie verängstigen?*

* * *

Am Tag, nachdem sie Nina bei der Vorbereitung der Hochzeit geholfen hatte, war Lorna so froh, dass sie Hilfe erhalten hatte, aber sie kämpfte auch wieder gegen die Traurigkeit an, weil Dallas sie nicht gebeten hatte, ihn zu heiraten. Sie faltete gerade Babykleidung und das ließ ihr Gehirn weit offen, um über die Gründe nachzudenken. Was sie schon ein paar Male ohne Erfolg gemacht hatte.

Dann kam zu ihrer Überraschung Dallas in die Waschküche. Er sah gut aus. Sein Haar war ordentlich gekämmt und nicht unter einem Cowboyhut; der war in seinen Händen vor einem gestärkten, sehr schönen Hemd und einer ebenfalls gestärkten Jeans. Ihr Herz begann gleich zu pochen. *Wollte er irgendwohin?*

Er lächelte, ging zu ihr und nahm ihre Hand. „Schläft das Baby?"

„Ich habe ihn gerade hingelegt." *Was war denn los?*

„Kannst du dann mit mir kommen?" Ohne zu warten, ging er aus dem Waschraum und zu den Türen, die zur Veranda führten.

Mit diesem Mann würde sie überall hingehen.

Als sie draußen waren, hielt er weiter ihre Hand und starrte auf die Ranch hinaus. Sie war so neugierig.

Er drehte sich um und sah sie an. „Ich möchte dir nur sagen, wie gesegnet ich bin, dich und dein ungeborenes Baby an diesem Tag gefunden zu haben. Das habe ich dir schon mal gesagt, aber ich habe dir nie gesagt, wie sehr es mein Leben verändert hat, dich kennengelernt zu haben. Ich wusste, dass ich meine Rodeo-Karriere verlassen musste, aber ich war nicht wirklich bereit. Und dann hast du mich am Strand gebraucht, und dann hier auf der Ranch. Und dann brauchte *ich* dich, weil du mein Herz erfüllt hast. Und du hast mich wissen lassen, dass ich mehr wollte, als nur jeden Abend auf einen Bullen zu steigen und um einen Preis zu kämpfen. Ich wollte viel mehr – ich wollte dich. Und deinen süßen Sohn. Und ich habe das viel zu lange aufgeschoben." Er hielt immer noch ihre Hand, ging auf ein Knie hinab und sah zu ihr hoch.

Oh! Lornas Herz explodierte, als sie erkannte, was er tat. Tränen formten sich in ihren Augen, und sie blinzelte nur und sah in seine, wartete auf die Worte, für die sie schon so lange bereit war.

„Lorna, willst du mich heiraten? Wirst du mein Leben vollenden und mich zum glücklichsten Mann der Welt machen?"

Tränen rollten nun frei über ihre Wangen. „J- ja! Ja!"

Er erhob sich, schlang sie in seine Arme und wirbelte sie herum, während er sie küsste – obwohl ihr Gesicht nun mit Tränen bedeckt war.

Sie würde tatsächlich Mrs. Dallas McIntyre sein!

Nachdem sie einander geküsst hatten, führte er sie zur Schaukel auf der Veranda, und sie setzten sich. Er sah sie an, hielt immer noch ihre Hand. „Hier ist meine nächste Frage. Würdest du mich am Samstag heiraten? Jackson und Nina haben gefragt, ob wir uns ihnen bei der Hochzeit anschließen würden, damit wir alle zur gleichen Zeit heiraten. Wir haben immer noch Zeit, wenn wir uns morgen die Heiratserlaubnis geben lassen."

Was? Sie konnte nicht sprechen. Sie starrte ihn an, und er nickte, als ob er wusste, dass sie vollkommen unsicher war, was er gesagt hatte. „Ich bin verwirrt."

„Folgendes. Sie wollten nur sicherstellen, dass wir, wenn wir heiraten wollten, es mit ihnen zusammen tun – und glaub mir, sie sind begeistert von der Idee, dass wir das vielleicht wollen. Ich hatte ihm von meinem Plan erzählt, dir zwei Tage nach ihrer Hochzeit einen Antrag zu machen, weil ich ihre besondere Hochzeitszeit nicht stören wollte. Und dann hat er mich mit seinem Angebot vollkommen überrascht. Und ich persönlich würde es gerne tun. Ich wünschte, ich wäre schon sehr lange mit dir verheiratet."

Sie konnte es nicht fassen. Sie dachte an das Kleid, das sie für die Hochzeit gekauft hatte, ein weiches, cremefarbenes Kleid, das knöchellang war und eigentlich als Hochzeitskleid funktionieren würde. Sie lächelte ihn an und keuchte. „Sie sind so großartig. Und ja. Ich will deine Frau sein, und Samstag ist der perfekte Zeitpunkt, um zu heiraten."

Das Leben hatte sich gerade in einen Traum verwandelt.

KAPITEL ZWEIUNDZWANZIG

Am Samstag, dem Tag, an dem ihr Sohn seine zukünftige Frau heiratete, fuhr Alice zu Lornas Haus, um sie und das Baby abzuholen. Heute war ein Tag voller Glück für sie gewesen, als Nina angerufen und gesagt hatte, dass sie eine Überraschung hätten. Dass Dallas auch heiraten würde und ob sie vorbeikommen und Lorna und das Baby abholen könnte, damit Lorna sich mit ihr auf der Ranch umziehen konnte. Sie hatte gewusst, wie aufgeregt Lorna sein musste.

Als sie dort ankam, sah sie sich nach ihrem Sohn um, aber sie sah ihn nicht. Das war sein Hochzeitstag, also schlief er wahrscheinlich nicht mal hier. Sie wusste zwar, dass er in einem anderen Zimmer schlief, aber es war die Nacht vor seiner Hochzeit gewesen, also nahm sie an, dass er die Nacht nicht hier verbracht hatte. Sie erreichte die Tür, und Lorna kam ihr entgegen und öffnete, bevor sie anklopfte. Sie umarmten einander.

„Ich kann nicht glauben, dass ich heute heirate", sagte Lorna. „Ich bin so gesegnet und glücklich!"

„Und ich bin begeistert, dass du heute meinen Sohn heiratest – das war eine brillante Idee von Nina und Jackson. Du und Dallas seid so ein perfektes Paar, und es ist toll, dass ihr alle heiratet. Die Tatsache, dass zwei Söhne im selben Moment heiraten, macht es zu etwas ganz Besonderem. Also, bist du bereit?"

„Ja, ich habe meine Tasche gepackt. Das Baby ist bereit, also können wir alles aufladen und den Weg zu meinem Traum antreten, der wahr wird."

Alice lächelte. Sie liebte diese junge Frau. „Dann lass es uns tun."

Innerhalb weniger Minuten waren sie auf dem Weg.

„Ich hoffe, ich kann die Art Frau sein, die er braucht."

Alice sah sie an. „Das bist du bereits. Ihr beide seid perfekt zusammen. Also mach dir darüber keine Sorgen. Ich habe ihn noch nie so glücklich gesehen, wie wenn er bei dir ist. Oh, er war immer schrecklich glücklich, wenn er auf einem Bullen geritten ist. Aber wenn er bei dir ist, nur die paar Male, die ich euch beide zusammen gesehen habe, war er ein anderer Kerl. Vollkommen vernarrt in dich und das Baby – was es sogar noch besser macht."

„Das ist wundervoll. Und ich liebe ihn so sehr."

„Und das ist das Einzige, was ich von einer Schwiegertochter verlange."

Sie brachte sie auf die Ranch, und es war leicht zu sehen, dass noch Last-Minute-Dinge für die Hochzeit erledigt wurden. Sie erreichten die Küchentür, und Nina kam durch das Wohnzimmer.

„Du hast mich so glücklich gemacht!", rief Nina. „Ich freue mich so sehr, dass du und Dallas die Hochzeit mit mir und Jackson teilt! Das macht die besondere Hochzeit noch besonderer."

Sie umarmten einander, und Alices Herz drehte fast durch, so begeistert war sie.

Sie brachten die gesamte Kleidung in ein Gästezimmer, gegenüber von dem Raum, in dem Stühle vor einem großen Spiegel standen und ein Friseur bereit war und wartete. Nina hatte an alles gedacht. Sie sprachen über ihre Hoffnungen und Träume, während sie ihre Haare in wunderschöne Locken stecken ließen – wobei darauf geachtet wurde, dass sie unterschiedliche Styles hatten. Sie heirateten zur gleichen Zeit, wollten aber nicht denselben Look.

Sie hatten sich alle um das Baby gekümmert, und Alice war so begeistert, ihr erstes Enkelkind zu haben. Ja, er war nicht ihr natürlicher Enkel, aber sie beanspruchte ihn und war überglücklich darüber.

Während beide mit den Haaren beschäftigt waren, ging sie mit ihm auf die Veranda hinaus. Es war so schön. Sie sah auf ihre Uhr und stellte fest, dass innerhalb einer Stunde die Gäste kämen und sich ihre Welt bald ändern würde. Sie würde jetzt zwei Schwiegertöchter und einen Enkel haben. Und Nina hatte gesagt, dass sie bereit sei, ein Baby zu bekommen, also blickte Alice plötzlich in eine ganz andere Welt als das, was sie vor wenigen Monaten noch gesehen hatte. Es war aufregend. Es war wundervoll. Sie und Seth hatten sich zu einer Beziehung verpflichtet, und sie war überglücklich. Zwei ihrer Söhne heirateten, und ihr Restaurant und das Inn hielten sie auf Trab. Es war ein Erfolg, und sie liebte es. Es war alles großartig.

Und dann war da noch Riley. Er war dabei, ein eigenes Projekt draußen am Meer zu starten, und sie war fasziniert davon. Die Ranch hatte genug helfende Hände angeheuert, sodass er nicht daran gebunden war. Sie freute sich auf das, was er als Nächstes tun würde. Sie fragte sich, wie lange es dauern würde, bis er und Tucker endlich die Frauen ihrer Träume finden würden. Aber im Moment ging es um Jackson und Dallas und die Frauen ihrer Träume. Sie drehte sich um, um das Baby wieder hineinzutragen und sicherzustellen, dass sie für die Hochzeit bereit war.

Sie war so glücklich, und dass sie „Ich will" sagten, konnte nicht schnell genug geschehen.

* * *

„O Leute, ihr seht ziemlich schick aus", sagte Riley, als er die Garderobe betrat, in der Jackson und Dallas ihre Anzüge angezogen hatten.

„Gefallen sie dir?" Dallas schmunzelte seinen Bruder an. Riley trug einen Anzug, und Tucker auch.

„Sehr. Wie ihr ausseht, sagt einfach, dass ihr glückliche, glückliche, glückliche Männer sein werdet.“

Jackson lachte. „Nun, das stimmt. Ich dachte, nur ich würde heute glücklich, glücklich, glücklich sein, aber man merkt, dass Dallas so aufgeregt ist, dass er uns noch ohnmächtig werden könnte.“

Sie sahen ihn alle an.

„Das stimmt. Ich bin so bereit, dass ich das Warten kaum ertragen kann. In den vergangenen Wochen hat sich mein Leben völlig verändert. Ich fing so traurig an, mein Herz war gebrochen wegen meiner Verletzung, und dann hat sich alles geändert. Also, wann können wir da rausgehen und das geschehen lassen?“

„Nun, ich habe da draußen auf den Prediger geschaut und gehört, wie er dir gesagt hat, dass ihr rauskommen und euch ihm anschließen sollt, wenn er auf die oberste Stufe tritt. Da ist er noch nicht. Aber ich werde es euch wissen lassen, und ihr zwei könnt dann um die Wette zu ihm laufen. Dann gehen Tucker und ich umher und begleiten Mom zu ihrem Platz. Seth folgt ihr mit dem Baby. Und wir werden einen Platz neben ihnen haben.“ Er lächelte, dann deutete er zur Tür. „Er ist gerade auf die Stufe getreten, also sollten wir uns besser alle an Ort und Stelle begeben.“

Dallas’ Herz taumelte vor Aufregung. Riley und Tucker gingen, schmunzelnd.

Jackson sah ihn an. „In Ordnung, bist du bereit?“

Dallas schmunzelte. „Mehr bereit dafür als alles,

was ich mir in meinem ganzen Leben je gewünscht habe. Danke, dass du uns gebeten hast, dich und Nina zu begleiten. Jetzt lass uns beide glücklich werden."

Jackson legte eine Hand auf seine Schulter und drückte sie. „Ich bin bei dir, Bruder. Gehen wir."

Dallas war überglücklich, dass der Tag da war. Endlich — er würde ein verheirateter Mann sein. Er würde bald der glücklichste Mann der Welt sein.

Er sah Jackson an, als sie sich bereit machten, zum Prediger hinauszugehen. „Ich werde dir diese Gelegenheit nie zurückzahlen können. Es ist ein Traum, der wahr geworden ist."

Jackson begegnete seinem Blick. „Glaub mir, es ist auch für mich so ein Tag. Dass du bei mir bist, macht das noch besonderer."

Der Prediger sah zur Seite, bemerkte sie und nickte. Sie sahen einander an und schmunzelten, gingen dann hinaus und nahmen ihren Platz auf beiden Seiten des Predigers ein. Dann beobachteten sie den Eingang des wunderschönen Zeltes, wie es auch das Publikum tat.

Das Klavier spielte das Hochzeitslied, und die schöne Nina betrat zuerst das Zelt. Sie war wunderschön und sah so glücklich aus, dass sie strahlte. Direkt hinter ihr, nur ein paar Schritte, kam Lorna herein, der wunderbarste Mensch der Welt – der schönste und die Liebe seines Lebens, das Wunder seines Lebens. Sein Herz klopfte, als er sie den Gang entlangkommen sah.

Ihr Blick lag auf seinem, und er merkte, dass sie

gegen die Tränen ankämpfte. Sie war eine emotionale Frau, eine besondere Frau.

Sie blieb stehen, als Nina den Prediger erreichte. Der Prediger lächelte Nina an. „Nina Hanson, bist du hier, um dich Jackson McIntyre zu schenken?"

„Ja, mehr als bereit", sagte Nina und lächelte breit.

„Dann, Jackson, nimm ihre Hände."

Sie legten die Hände ineinander und drehten sich um, um zuzusehen, wie Lorna die letzten Schritte zum Prediger ging.

„Lorna Jordan, bist du bereit, Dallas McIntyre zu heiraten?"

Lorna sah ihn an, ihre Augen voller Emotionen. „Das bin ich, von ganzem Herzen."

Er nahm ihre Hände, fühlte sich mehr gesegnet als jeder andere auf der Welt, und sie wandten sich dem Prediger zu. Die nächsten Momente, in denen der Prediger für Jackson und Nina das Gelübde sprach und es dann bei ihm und Lorna wiederholte, waren die glücklichsten seines Lebens. Und Lornas Ausdruck zufolge empfand sie dasselbe. Er wusste, dass die Freude seines Bruders und seiner neuen Schwägerin dieselbe war.

Sein Leben war vollkommen durcheinander gewesen, als er sie am Strand gefunden hatte. Und dann, auf unglaublichste Weise, hatte Lorna sein Leben verändert, und nichts war mehr gleich gewesen. Und Gott sei Dank, da er hier mit ihren Händen in seinen stand, als Ehemann und Ehefrau, wusste er, dass das

Leben von jetzt an nur noch besser werden würde.

„Ich liebe dich, Lorna, von ganzem Herzen." Er senkte seine Lippen auf ihre und küsste sie.

Jackson tat das Gleiche, und die Menge klatschte und jubelte für sie alle.

„Ich liebe dich auch", flüsterte Lorna, als der Applaus weiterging.

„Das Leben wird von jetzt an nur noch besser werden", wiederholte er seine Gedanken mit einem Lächeln, als er sie in seine Arme schlang. Und in sein Herz.

* * *

Alice lächelte, als sie ihren neuen schlafenden Enkel Landon zu ihren frischverheirateten Söhnen und deren schönen Bräuten trug. „Ich bin so stolz auf euch", sagte sie zu ihnen.

„Ich auch. Herzlichen Glückwunsch!", stimmte Seth zu.

Umarmungen und Lächeln gingen überall herum; dann nahm Dallas das Baby, kuschelte es und lächelte. „Ich hasse es, meinem Bruder zu sagen, dass ich der glücklichste Mann der Welt bin. Ich habe diese wunderschöne Frau und dieses entzückende Baby, und er und seine schöne Braut haben es möglich gemacht."

Jackson und Nina lachten beide. Dann legte Jackson eine Hand auf Dallas' Schulter. „Ich widerspreche dir nur ungern – du hast wirklich eine ganz besondere Braut und ein Baby, und du bist ein sehr gesegneter Mann. Aber ich muss für mich sagen, dass ich der seligste Mann der Welt bin, mit einer wunderbaren Frau als meiner Ehefrau." Er umarmte Nina, und sie küsste ihn.

Ihre beiden Söhne so glücklich zu sehen, begeisterte Alice. Sie sah Seth an, als er seine Hand um ihre schob und lächelte. Ihr Herz schlug kräftig, und sie wusste, dass er auch etwas Besonderes war. Sie liebte Seth, und eines Tages würden sie heiraten. Er erwiderte das Lächeln und verstand vollkommen, was sie gerade dachte.

Ihr Leben und das ihrer Söhne und Freunde veränderte sich, aber sie kannte ihre Vergangenheit und die Liebe, die sie gehabt und verloren hatte, waren das, was diese Momente noch besonderer machte. Träume waren gestorben, neue Träume entstanden, auch wenn man es nicht erwartet hatte. Und sie wusste, dass William höchstwahrscheinlich zusah, wie seine Söhne Glück fanden, und genauso glücklich war wie sie. Und das zu wissen, machte sie noch glücklicher. Zu wissen, dass er sich für sie freuen würde, an dem Tag, an dem sie sich entschied, Seth zu heiraten, sandte eine Erleichterung durch sie. Aber eins nach dem anderen.

Eins nach dem anderen.

EPILOG

Riley stand am Rand der Tanzfläche und beobachtete seine beiden Brüder beim Tanzen mit ihren Bräuten. Er hatte den heutigen Abend genossen. Seine Brüder waren so glücklich. Und er war begeistert für sie. Und er wusste, dass sein Dad es auch wäre.

„Sie sehen gut und außer sich vor Freude aus. Sehen sie nicht glücklich aus?", fragte Tucker.

„Unglaublich. Also, denkst du darüber nach, nach der Liebe zu suchen?" Er sah seinen Bruder an.

Tucker zuckte mit den Schultern. „Ich weiß nicht. Ich denke, wenn ich heiraten soll, werde ich ihr schon begegnen. Ich werde mich nicht wirklich damit verrückt machen, nach jemandem zu suchen. Was ist mit dir?"

„Ich weiß nicht. Ich möchte heiraten. Und ich muss sagen, ich war von jemandem beeindruckt, aber ich habe sie kaum kennengelernt, also weiß ich nicht, wo sie wohnt. Wie du, wenn es passieren soll, dann geschieht es zum vorgesehenen Zeitpunkt. Aber ich möchte dieses Strandcamp eröffnen, und wer weiß, vielleicht treffe ich genau da diejenige, die ich dort treffen möchte. Aber darauf konzentriere ich mich, wenn wir hier aufbrechen. Nicht mehr darüber nachdenken. Ich will glücklich sein, und das ist alles, woran ich gerade denken kann. Das wird mich glücklich machen."

Tucker starrte ihn fast mit offenem Mund an, und dann lächelte er. „Nun, ich finde, das ist großartig. Und wenn du Hilfe brauchst, kann ich dir helfen. Und ehrlich gesagt, klingt das auch interessant."

„Vielen Dank! Ich bin mir sicher, dass ich anrufen werde. Aber deine Arbeit auf der Ranch ist viel wichtiger als meine, also würde ich dich nicht ausnutzen. Ich muss noch eine ganze Menge Dinge erledigen, bevor das eigentliche Bauen und die Vorbereitung beginnen. Es kann bis nächsten Sommer dauern, aber im nächsten Sommer wird diese Anlage fertig sein."

Er beobachtete den Tanz und konnte sich einen Tanz auf seinem Campingplatz vorstellen. Er war bereit. Er hatte sich noch keinen Namen einfallen lassen, aber das würde er. Es würde wahrscheinlich so etwas wie McIntyre Ranch Camping werden. Er war sich nicht sicher; es müsste vielleicht kreativer sein als das, aber er würde sich etwas einfallen lassen. Er schmunzelte; so aufgeregt war er schon ewig nicht mehr gewesen.

Er beobachtete, wie Jackson Nina anlächelte und Dallas Lorna küsste. Die beiden Paare sahen glücklicher aus als alle anderen Paare, die er je gesehen hatte. Vielleicht würde er das eines Tages finden.

Bis dahin stellte er einen Campingplatz auf die Beine, der sich hauptsächlich auf alleinstehende Frauen konzentrierte. Frauen, die zusammenkamen, um das Leben zu genießen, obwohl sie keinen Mann hatten, der ihnen half. Er fand das ziemlich cool.

Und er wollte ihnen hier auf der McIntyre Ranch einen anderen Ort geben, an dem sie sich wohlfühlen konnten.

Der Spruch auf der Seite des Wohnwagens dieser Frau, die ihn unwissentlich dazu gebracht hatte, einen Campingplatz zu eröffnen, kam ihm in den Kopf. *Lebe, lache, liebe und genieße das Leben ... Es ist einfach zu verflixt kurz.*

Wenn er an seinen Dad dachte, der, wie Riley es empfand, zu jung gestorben war, an diesen kleinen Wohnwagen und die Frau, die ihn fuhr, an ihre fröhliche Stimmung – wusste er, dass er sich in dieses Projekt stürzte.

Und wenn er Glück hätte, würde der Camper vielleicht herkommen und er ihren Namen erfahren.

Weitere Bücher von Debra Clopton

Star Gazer Inn of Corpus Christi Bay
Woraus Neuanfänge gemacht sind
Woraus Träume Gemacht Sind

Die Texas Matchmakers können es nicht lassen
Das Problem mit einem Kleinstadt-Cowboy
Das Problem mit einem ewigen Cowboy
Das Problem mit einem Valentine Cowboy
Das Problem mit einem Kleinstadt-Cowboy

Die Cowboys von Dew Drop, Texas
Unvergesslicher Cowboy
Unerwarteter Cowboy
Unfehlbarer Cowboy
Unbestreitbarer Cowboy
Undisputable Cowboy

Windswept Bay
Von Diesem Moment An
Irgendwo Mit Dir
Mit Diesem Kuss & Für Immer Und Ewig
Warten Auf Liebe
Mit Diesem Ring
Mit Diesem Versprechen
Mit Diesem Schwur
Mit Diesem Wunsch
Mit dieser Ewigkeit

**Die Holden Brüder –
Die Cowboys von Mule Hollow**
Das Herz eines Cowboys
„Das Vertrauen eines Cowboys"
Die Wahre Liebe Eines Cowboys

New Horizon Ranch Serie
Ein Cowboy für Maddie
Ein Cowgirl für Rafe
Ein Cowgirl für Chase
Ein Cowgirl für Ty
Eine Familie für Dalton
Eine Tierärztin für Treb
Maddies geheimes Baby
Ein Cowgirl für Austin

**Turner Creek Ranch Serie –
Die Cowboys von Mule Hollow**
Schätze mich, Cowboy
Rette mich, Cowboy
Mach mich ganz, Cowboy
Schmeichle mir, Cowboy

Die Cowboys von Mule Hollow Serie
Liebe Mich, Cowboy
Tanz Mit Mir, Cowboy
Immer Ärger mit Lacy Brown
… plus Baby macht fünf
Mein Herz gehört dir, Cowboy
Halt mich, Cowboy
Sei mein, Cowboy
Operation: Bis Weihnachten Verheiratet
Verehre Mich, Cowboy
Überrasch Mich, Cowboy
Sing für mich, Cowboy
Komm zu mir zurück, Cowboy
Reit mit mir, Cowboy

Die Cowboys von Ransom Creek
Trip: Ihr Cowboy-Held (Vorgeschichte)
Carson: The Cowboy's Braut zu mieten
Cooper: Bezaubert vom Cowboy
Shane: Cowboy's Junk-Store Prinzessin
Vance: Ire Cowboy der Zweiten Chance
Drake: Der Cowboy und die Maisy Love
Brice: Nicht Ruhig auf der Suche nach einer Familie

Über die Autorin

Die Bestseller-Autorin Debra Clopton hat bereits über 2,5 Millionen Bücher verkauft. Ihr Buch OPERATION: MARRIED BY CHRISTMAS soll sogar als ABC Familienfilm verfilmt werden. Debra ist bekannt für ihre modernen Westernromanzen, texanischen Cowboys und temperamentvollen Heldinnen. Romantik und eine Prise Humor werden immer miteinander verflochten, um den Leser zum Lächeln zu bringen. Als Texanerin in sechster Generation lebt sie mit ihrem Ehemann auf einer Ranch im Herzen von Texas und freut sich immer über Zuschriften von ihren Lesern.

Besuche Debras Webseite auf
www.debraclopton.com/deutsch.
Melde dich für Debras Newsletter an
www.subscribepage.com/abonnieren-sie-meinen-deutschen-newsletter
Schau auf Facebook bei ihr vorbei
www.facebook.com/debra.clopton.5
Folge ihr auf Twitter unter @debraclopton
Schreibe ihr über debraclopton@ymail.com

Weitere Bücher von Debra Clopton